此书献给
相濡以沫伴我勇闯天涯的爱妻

诗影驭天下

郭寒竹 ◎ 著

SHIYING
YUTIANXIA

当代世界出版社
THE CONTEMPORARY WORLD PRESS

图书在版编目（CIP）数据

诗影驭天下 / 郭寒竹著 . -- 北京：当代世界出版社，2025. 6. -- ISBN 978-7-5090-1895-8

Ⅰ. I227

中国国家版本馆 CIP 数据核字第 20252HU561 号

书　　名：诗影驭天下
作　　者：郭寒竹
出 品 人：李双伍
监　　制：吕　辉
责任编辑：李俊萍
出版发行：当代世界出版社
地　　址：北京市东城区地安门东大街 70-9 号
邮　　编：100009
邮　　箱：ddsjchubanshe@163.com
编务电话：（010）83908377
　　　　　（010）83908410 转 806
发行电话：（010）83908410 转 812
传　　真：（010）83908410 转 806
经　　销：新华书店
印　　刷：小森印刷（北京）有限公司
开　　本：880 毫米 × 1230 毫米　1/32
印　　张：11
字　　数：200 千字
版　　次：2025 年 6 月第 1 版
版　　次：2025 年 6 月第 1 次
书　　号：ISBN 978-7-5090-1895-8
定　　价：88.00 元

推荐序

三艺融通，三美纷呈，情达寰宇，爱溢苍穹

  中国古典诗词是中华民族的瑰宝，是中华民族在长期历史发展过程中形成的独特的文学形式。它以优美的语言、深邃的意境、丰富的内涵和独特的韵律，在世界文学的花园中成为一枝耀眼的奇葩。因此，中国一向被誉为"诗的国度"。中国古典诗词凝聚着中华文化独一无二的理念、志趣、气度、神韵，是中华民族的血脉，是中华儿女的精神家园。因此，千百年来一直深受国人，特别是知识分子、文人学士的喜爱。历代文人学士，从蒙学到科举，从出仕到退隐，几乎无不孜孜矻矻，爱诗、学诗、读诗、写诗。直至时下，一些知识分子、读书人，不论原来从事什么职业，做什么具体工作，退休之后都喜欢舞文弄墨，写诗作赋。当然，这些诗词中也不乏陶情怡性的优秀作品。但是，真正能够写出独特韵味、独特风貌、极具特色的佳作者并不是很多，而寒竹的诗集《诗影驭天下》则是一部三艺融通、三美纷呈、情达寰宇、爱溢苍穹、极具特色、独具风貌的古典格律诗选集。诗人从自己的大量诗作中精选出三百首七律，每首诗都配有能够充分体现该诗风貌和意境的摄影作品。可谓是优中选优，诗影交融，令人耳目一新。

"诗者，吟咏性情也。"（严羽《沧浪诗话》）"诗者，志之所之也。在心为志，发言为诗。"（《毛诗·大序》）可以说，《诗影驭天下》中的三百首七律，都是诗人在自驾游览中，身历于境，情动于中，有所触动，有所感悟，从内心迸发出来的，都是诗人真性情的自然流露，是诗人理想信念、志向抱负的真情表达。这些诗的独到之处、可贵之处，还在于诗人把"吟咏性情"的诗，把"在心为志，发言为诗"的诗，与能够充分表达这些性情和意韵的"影"（摄影作品）自然而巧妙地结合起来，与追寻和达成这些诗影之妙的"驭"结合起来，从而更加充分、更加生动地表现诗歌艺术之美、摄影艺术之美、驾驭艺术之美，进而达到三艺融通、三美纷呈的艺术境界。

诗歌是艺术，摄影是艺术，这自不必说。因为它们分别是诗人和摄影家对自然风光、客观事物、社会生活等有所感悟，产生激情，然后通过一定的艺术手段、艺术形式和艺术技巧表达出来，使其成为具有一定意象的作品。单就诗人的"驭"（自驾）而言，也绝不是一般意义上的"自驾"。这里的"驭"，是诗人满怀着对祖国（乃至世界）的大好河山、人文名胜的挚爱，满腔热情地去追逐、去探寻、去体悟。同时，为了达成这种追寻和体悟，就要充分运用"驭"的手段，包括驾驭路线的设计、时间的选择以及具体的驾驭技巧和经验。当然，这里面更包括跨越险路奇途的智慧和豪情。譬如诗人在"路挂悬崖弯窄险，心行峭顶陡急茫"的挂壁公路上，只能"无梯探谷凭身手，绝壁求生挺脊梁"（《路在脚下》）的险绝情势下，仍可"挂壁飞车豪气爽，心怡胜境唱河南"。在"穿越塔克拉玛干沙漠"的恶劣环境时尚能"狂沙酷热俱揾过，唯剩轮痕留笑波"。这种豪情自驾，这样激越而从容的"驭天下"，难道不是一种大美的艺术吗！诗人"诗影驭"的地域十分广阔。国内，北起漠河，南至三亚，东自抚远，西达伊犁；国外，从英美俄日，到柬越泰老。足迹遍及现代都市、古镇名村、奇山险川、浩瀚江海。所历名胜古迹、自然人文更是远及大秦、唐宋元明清，近至民国直到现代；所涉人物，从工农兵学到商医科技，从达官显贵到贩夫走卒，均有所触及、均有所吟咏。这样的"诗影驭"，以"天下"喻之，不为过也。在这个广阔无垠、无疆无界的"天下"，诗人以"诗影驭"抒怀言志、咏物寄情、敬天悯人、鉴史喻今、悟道警世，充分表达了其博大襟怀和深情大爱，真正做到了情达寰宇、爱溢苍穹。这正是《诗影驭天下》的全部意义所在。

抒怀言志是《诗影驭天下》的主旨。"伴泪拼得兴旺梦，春潮鼎沸海天来"（《文登南海"改革开放40周年沙雕展"观吟》）是借物抒怀，抒的是振兴中华、祖国复兴的情怀。"真意醉翁非在酒，与民同乐挂心头"（《敬欧阳修访醉翁亭场记》）是咏史抒怀，抒的是悲悯百姓、与民同乐的情怀。当然在这忧国忧民的情怀里也包含着对古圣今贤的爱戴和景仰："待得锦绣报春日，大地繁花辉耀邦"（《缅思无尽日》），"名利沉浮云眼过，做人立世拜东坡"（《东坡书院拜思》）。同时，诗人也借抒发情怀，表达自己的胸襟和志趣："尽存风骨铸真理，遍洒亲情育后人"（《敬仰西南联大蒙自分校及一代大师》）；"句短情长描古韵，江南馈我又一春"（《建德市新叶古村抒怀》）；"所愿神州星璀璨，比肩世界奏高歌"（《参观合肥市三合古镇杨振宁旧居有记》）。

咏物寄情更是《诗影驭天下》的核心立意所在。这种立意体现在诗集的大部分诗作之中。所谓千山万水、一枝一叶，俯拾皆是，俱在其中。从嫩草池鸭、田畴佛寺，到翠谷红叶、杜鹃子规，无不尽收笔下，如《台州府观览有句》中的"惊见暮春别草嫩，池鸭恋偶自呢喃"，《老挝琅勃拉邦游寄》中的"畴稳业平隔世慢，佛兴寺旺忌心忙"。在对自然万物的吟咏中寄托自己的情怀："子规啼血英雄色，壮毅诗心歌杜鹃"（《毕节百里杜鹃赏怀》），"欲诉柔情深翠谷，相思片叶寄遥红"（《蛟河红叶谷寄怀》）。以至情不自禁，直抒胸臆："未泯童心何惧老，采云一朵作诗笺"（《达古冰川》）。无不尽显诗人情怀。

其他如敬天悯人："地缝开合呈碧玉，天时流变始洪荒"（《陕西甘泉大峡谷赏叹》），"乐攀圣境无平路，艳取风光必险途"（《驰览羊卓雍错风光》）。"每因民苦心怀悯，常感世坷神愤沧"（《瞻拜成都杜甫草堂记怀》），"有问谁织绝世景？辛劳苦众在民间"（《观赏浙江丽水云和梯田感怀》）。

又如悟道警世。"静净敬心行者梦，原缘圆境佛家乡"（《香格里拉之魂》），"世间若许菩提树，必悟吉福云水端"（《素可泰历史遗迹公园遐思》），"法治澄明贪腐惧，今人何不访学来"（《参观阆中古城"川北道署"有记》），"积德纵享无常运，作恶难逾奈何桥"（《敬赏清莱蓝庙白庙》），"浩瀚自然沙几粒，凡胎切勿己称神"（《日喀则奇林峡赏赞》）。

再如咏史鉴今。"浊世清流千古颂，心心念念海青天"（《拜谒浙江淳安龙山海瑞祠记怀》），"跪捧西陵峡水泪，忠魂伴世祭国殇"（《凭吊石牌保卫战遗址》），"刚直岂惧贬谪难，廉孝必得拥戴安"（《江西双井寻访黄庭坚故里》）。"走笔乾坤风雨过，真情诗圣永辉光"（《瞻拜成都杜甫草堂记怀》），"昏代帝王终没落，恒留炫目有行星"（《参拜伊犁林则徐纪念馆》）。这些丰富的内容在诗集中比比皆是。我这里蜻蜓点水，难以面面俱到。具体细节尚须读者自己细心品读。

怎样才能写出好诗？清人沈德潜在其《说诗晬语》中有一句经典名言："有第一等襟抱，第一等学识，斯有第一等真诗。"寒竹之所以能写出这些独具特色的好诗，也是与他的襟抱和学识密切相关的。寒竹虽非出身名门、名校，但正如武汉大学老校长刘道玉先生所说，"真正的人才都是自学成才的"。刘先生还说："一个人是否能够成才，不取决于名校和名师，只能决定于你自己。具体地说，决定于自己的志趣、理想和执着的精神。"寒竹从学生时代就胸怀理想，求知若渴，刻苦读书，博闻强记；参加工作后仍不忘继续学习，干啥学啥，学啥都很出色；退休后更是追求读万卷书，行万里路，自驾逆旅，遍游天下，开拓视野，开阔胸襟。对于寒竹的学识和襟抱我不必也无力全面评价。只要稍加留意，我们便可在他的《诗影驭天下》中窥见一斑。寒竹所学并非中文专业，但他对中国古典诗词研习颇深，特别是对近体七言律诗的内在结构及表达形式都掌握得特别准确，处理得十分精到。《诗影驭天下》中的 300 首七律，每首都合辙押韵（新韵）自不必说，对律诗的特定句式、音韵的平仄都能规范运用、游刃有余，没有平仄失据、失对失粘现象。这是很吃功夫的，没有较深的学识基础很难做到。

另外，寒竹在许多诗中巧用古典，也显露了他的学识。我们看《桂林上巳节寄情》一诗的用典。上巳节又称三月三，是中国民间的传统节日，寄托着人们对美好生活的向往，是一个吉祥喜庆的节日。欣逢佳节，诗人自驾游至桂林，触景生情，怎能无诗！于是脑海里即刻浮现出晚唐大诗人元稹当年上巳节时的慨叹："独倚破帘闲怅望，可怜虚度好春朝"（《酬乐天三月三日见寄》）。虽为名句，但与当下节日气氛不符，于是反用其意，咏出"怎堪荒度好春朝，佳日赶圩心气豪"的佳句。诗集中这样的用典处处可见，足证诗人学识渊博。因诗中用典处均有自注，我就不一一列举了。

关于诗人的襟抱，前述已有所涉及，不妨再举几例。诗人的许多佳作都产生于千辛万苦的自驾旅途。且看他是如何对待这千辛万苦的——"万苦千辛何所欲，诗心醉影驾夕阳"（《国道滇藏线 G214 转川藏 G318 掠影》），"崎岖倍赏暮春旺，逆旅诗心更远方"（《车越国道 G216 线改—民段感怀》）。不止于此，他甚至把高原反应当成旅途的乐趣："高反虐心增乐趣，无人逆域待登攀"（《车过噶尔达改则奇境》）。诗人进而由驾驭崎岖险路联想到人生旅途："生涯有限多弯路，慧驭灵心化坦途"（《驱车盘龙古道畅怀》）。这是一种多么广阔高邈的襟怀！有这等的学识、这等的襟抱，自然有这等的好诗。

如需说一点期许的话，就两句：一是有些诗篇若能再通俗一点，或可获得更多读者；二是继续深入研习古典诗词的各种体式，进一步拓宽诗路，在《诗影驭天下》后再续新篇。

忝为序。

李荣生
二〇二四年七月
于齐齐哈尔

自　序

　　诗，属韵文，乃最为凝练、含蓄、昂扬、奔放的语言艺术，是以特有的音律、质感和意境反映生活、情绪、思想和心灵的文学体裁。

　　诗，源远流长，种类繁多，分体成派。作为中国传统诗歌体裁的近体七言律诗，是本人最为关注、喜爱、陶醉之所在。

　　律诗有严格的规则，诸如韵律清晰、词性对品、平仄相谐、不失对、不失粘、不孤平，此等在本书作品中基本遵守（其中，对于平仄，在专有名词处理中偶有例外）。

　　律诗韵别有平水韵、词林正韵、中华新韵等，本书所选凡300首作品均循律用中华新韵。

　　然成诗何为？在观物触景，在寄情言志，在览古阅今，在悲天悯人，在抒怀吟啸；在喜怒哀乐皆可系，在爱恨情仇必从心；在诗意地栖息天地间，在高傲地行游人世间。

　　于是，多首拙作于匆匆旅途中，在晨起披衣之时如行云流水或迅雷之势于早餐前一挥而就。也有闲暇作句时为选一字反复推敲，搜肠刮肚，"两句三年得，一吟双泪流"（唐代贾岛《题诗后》）。

　　影，即摄影，乃运用相机、手机等器材对人物、景观拍摄，然后经过后期处理最终成片的艺术。

　　摄影艺术中光影的明暗、色调的冷暖、色彩的浓淡，以及对拍摄对象框架化、印记化的过程，无不反映出笔者对生命探索、时空透视、情感取向、审美表达和艺术追求的体悟。

在本书逾 600 张摄影作品中，君可见：

夜晚的星空璀璨和晨曦的日出喷薄；

钱塘大潮的巨浪排空和壶口瀑布的震耳欲聋；

冈仁波齐雪峰触手可及的行云，维吾尔劲舞姑娘深不可测的眼眸；

还有油菜花海中某朵花蕊上繁忙的蜜蜂，更有东南山顶云隙中金色的布达拉宫……

拍照中，凡对光圈、感光度、快门、构图、取景的技术追求，都是感受历史之光、行摄命运之影、抓取景象外貌、映现众生心灵；都是在平凡和细节中，感知、定格、铭刻激越的脉动、典雅的韵律和张扬的个性。

驭，是驱乘、是行驶，本书中特指自驾，谓驾爱车纵横驰骋，乃驶良驹耳鬃厮磨，人车与共、御朔风、迎破晓、送夕阳、披淞雪、沐雨虹……

余远超 40 万公里行程中已体验多多：

既有感受车队出行河南八条挂壁公路时团队互助的浩荡、温暖和欢乐，也有单车独闯珠峰大本营及 800 公里羌塘无人区时风险独担的神秘、刺激和惊喜。

既有假日里路遇拥堵 40 公里蜗行 8 个小时的懊恼，亦有疫情防控期间因无法驶离高速公路而日行 1400 公里的不容倦怠。

既有穿越原始森林的雪路，急刹于贝加尔湖畔，去俯视剔透神秘的蓝冰；又有长驱寺庙星罗的旷野，赶行于清迈泼水节的人潮，在人水混战中绽放善意和笑容。

驭，必杂念尽除、神形贯注；驭，可置众山于脚下，越一日之千里。

驭，堪潜能递进，使高龄年轻，促心智丰沛，保青春常驻。

驭，必激心潮澎湃，豪情万丈。

驭，必达探险未知，妙趣无穷。

天下，六合国内、寰宇世界，既谓自然界，又称人世间。

天下，既指生于斯长于斯的楚河汉界、大江南北，亦指可做客探访的邻国友邦、异域风光。

天下，是家乡的思恋，是故土的芬芳；是移步可探的心香一隅，是可望难及的远方寰宇。

天下，又何尝不是人们观照、审视世界时个体认知的厚度，学养的深度，通识的广度，风骨的烈度，境界的高度，心智、胸怀和灵魂的纯度！

驭天下，是自驾纵缰驰骋，是出征河海星辰，是匍匐山川大地，是亲吻市井烟火，是缭拂历史面纱，是嬉逐晨夕日月，是痴心广域生灵的无微不至，是醉情普世感怀的风雨兼程。

诗谓影的灵魂，影乃诗的物化，而驭则助力笔者抵达诗之境界、追寻影之奇光。

三者有机缘聚，辅成表里，令人心驰神往，妙不可言。

生活充满诗意，为何不凝练在心，跃然纸上？日子光影灵动，为何不捕捉瞬间，立等成像？旅程魅惑无限，为何不油门轻启，驭征尽远？

自古以降，纵观海内外，以诗述景的神品浩如烟海；行摄聚影的佳作汗牛充栋；自驾行游的达人不胜枚举。而以诗（新韵七律）、影、驭于海内外行游的旅者并不多见，结集成书者更为寥寥。

借此，本书虽乃抛砖之引，也算为百花齐放、秀色满园的文旅盛坛增添一抹新绿吧。

是为盼，亦为序。

郭寒竹

浓城醉躬景风坠红

正中分度胜雄乌抹

秋锦七九柔壮金那

川赏古仁深烈城眸

驭拜探学情酒圣回

影光间序是须离恋

诗追坊赏自何忍最

沐手上录夫君甘孜五县行一首

岁次甲辰冬月宏谦书

目　录

华东篇

华北篇

华中篇

湖北

湖南

华南篇

福建

广西

西南篇

云南

东北篇

黑龙江

离职有怀[1]

乌云蔽日骤风刮，挥泪揖别国院家。
学子情深学子伞[2]，同仁意切同仁茶。
当年创业共甘苦，今夜归田不卸铧[3]。
携手功成高盏贺，葡萄架下话桑麻。

[1] 有怀：离职退休，心潮澎湃——兴教兴国之大义、莘莘学子之赤心、寒冬傲雪之风骨，皆为旧日时光与情怀。

[2] 学子伞：离职当日，承蒙众弟子献具名巨伞一顶，为师生深情信物。

[3] 不卸铧：喻田间劳牛持续耕耘，此指余将转赴厦门，供职于合作方——美国库克大学中国校区总部。

3

元旦抒怀

瑞雪轻飘岁月湍，枯荣有迹澹尘烟。

虔还旧日水山愿，恭盼新程天地缘。

憨影甘辛辞往岁，拙诗忧乐寄流年。

邀亲再竞飞花令，叱咤风行情满帆。

齐齐哈尔建城330年感怀

卜奎^①华诞展姿妍，流变经年三百三。
屯垦戍边人气盛，抵俄抗日武德圆。
曾为长子^②贡无限，也似僮儿国有偏。
嫩水滔滔青史越，鹤城众志再加鞭。

①卜奎：齐齐哈尔旧称。
②长子：曾为中华人民共和国做出巨大贡献的齐齐哈尔地区的东北重型机械厂、北满特钢厂、第一机床厂、第二机床厂、车辆厂、化工厂及众多大型军工企业，被誉为"共和国长子"。

湖畔校园①春描

经寒化雪胜严冬，立夏迎春②行色匆。

独叟屏息佳景阔，群鸥③竞翅碧晨空。

如山书宇可成慧，似水韶华不负风。

款款情深心念处，黉门忆旧醉桃红。

① 湖畔校园：指坐落于齐齐哈尔市劳动湖畔的齐齐哈尔大学。余学习、工作在兹近40年。
② 立夏迎春：北方春来晚，值立夏节气方至。
③ 群鸥：大学旁的劳动湖上有早春过境暂栖的候鸟，多为红嘴鸥。

楼前^①又见丁香开

依黉耳顺阅沧桑，桠老叶稀情未央。
月下常聆书韵朗，花前总煦士风扬。
陪桃竞秀同芬丽，伴李成梁共雅芳。
最是青萌寻梦季，分飞紫燕恋丁香。

① 楼前：专指原齐齐哈尔师范学院主楼（专用于学校行政办公及外语系教学），现为齐齐哈尔大学东区教学楼。正门前左右植有数株丁香树，树龄已近60年，见证了数届学子学业有成，见证了学校事业的蓬勃发展。

嫩江①暮春畅晚

夕临往顾璨云烟，四季倏交如水湍。

奋业指端弗可道，流年足下已成禅。

回眸风月雨耕地，展纸诗文晴绘天。

春逝花残馨更盛，扁舟应夏荡人间。

① 嫩江：黑龙江支流松花江的北源，发源于大兴安岭。其流经余家乡齐齐哈尔市，距寒舍不过 300 米之遥。

玉兰花情愿

蕾绽神奇香漫山，倾城热烈胜春寒。

清高质地纯洁俏，妩媚形姿素雅娟。

枝叶淡浓呈丽景，情怀苦乐溢佳园。

诗心净土空灵远，天上人间满玉兰。

江畔插秧季景

流年怎可负晨光？信步寻诗访夏乡。

沃野平畴呈绿遂，良兄巧妹插秧忙。

仰观云阵澄天韵，俯赏蛙宅稚草芳。

嫩水①图腾两岸阔，情歌早颂稻花香。

① 嫩水：指嫩江。

远郊观鹅有感

城南数里野山坡，惊现万只纯雪鹅。

漫步草原绯绣舞，轻拍湖水影婀娜。

饮食无虑常息羽，动静有危即振翮①。

悲恐秋凉肴几道，洁绒暖世祭阎罗。

---

① 翮：指鸟（鹅）翼。借自西晋左思《咏史·其八》："习习笼中鸟，举翮触四隅。落落穷巷士，抱影守空庐。"

罗西亚大街①怀旧

过往绰约日月长，弥新物语路②时光。

适观重轨老屋艳，仿现轻歌劲舞扬。

车站迎别情炽烈③，异邦融汇谊芬芳。

蜻蜓亦恋斑斓色，旧忆缠绵寄远方。

① 罗西亚大街：位于黑龙江省齐齐哈尔市昂昂溪区，长1451米，宽18米，街道两侧的俄式建筑均匀排列。

② 路：指"中国东方铁路"，简称中东铁路。

③ 车站迎别情炽烈：昂昂溪火车站为中东铁路上的重要枢纽。齐齐哈尔大学与俄罗斯10余所高校有交流与合作，余曾经由此站出访俄高校，或迎送两国交流师生，与本站结下了不解之缘。

为家园^①新景点赞

游子炎节^②别异乡，归家喜见俏园彰。

繁花锦簇星空透，翠草遐幽菽季香。

驻赏神雕正递爱，移观曲水待流觞。

朝晖洒岸诗情漾，颂绿耽红赋大江^③。

① 家园：指余现居地齐齐哈尔市。
② 炎节：古语，谓夏季。见唐朝钱起《送薛判官赴蜀》："单车动夙夜，越境正炎节。"
③ 大江：指嫩江。

龙沙公园秋韵

卜奎此季美如花，水色天光映碧霞。

独蕴百年①风雨史，更逾万卷②鉴明华。

芬芳尽展钟灵秀，优雅盎丰繁茂葩。

又是秋深情满苑，沧桑盛酿醉龙沙。

① 百年：齐齐哈尔市龙沙公园建成于 1907 年，由清政府所建。

② 万卷：龙沙公园内万卷阁古籍图书馆藏书 12 万余册，于 2010 年被国务院授予"国家一级文物保护单位"。

秋绚^①

萧辰^②偶现艳阳圆，万物如约竞靓颜。

飒爽槭枫红韵盛，婉柔榛桦玉姿翩。

空澄水碧衬佳影，老悦童欢摄彩斓。

岂惧寒霜凄雨至，天留本色绚人间。

① 秋绚：指齐齐哈尔市的秋色。

② 萧辰：古指深秋，因此时肃杀无情，凄凉萧瑟。如唐朝岑参《暮秋山行》："千念集暮节，万籁悲萧辰。"

秋恋①

霜天②烂漫赤携黄，叶复其根飘故乡。

徙雁归南排恋阵，眠虫谢世诉衷肠。

欢收谷稻心才醉，喜旅江川兴未央。

忍舍依依情万种，佳约梦醒沐秋光。

① 秋恋：指余对家乡齐齐哈尔市秋色的深情。

② 霜天：古语中晚秋霜降，天气渐寒，"霜天"特指晚秋的天气，也代指深秋。如南梁简文帝萧纲《咏云》有："浮云舒五色，玛瑙应霜天。"

孤泳深秋

高秋骤至野氛氲，萧瑟清江^①夕照粼。

水冷攫心堪彻骨，波汹阻力好提神。

仰时偶赏南归雁，立处常亲西下云。

天佑乘风孤泳者，只身戏浪醉黄昏。

① 清江：指以"母亲河"之名享誉大兴安岭、齐齐哈尔的嫩江，乃全
国为数不多的未被污染的水系。余每年夏秋两季畅游其中，得强身健
魄之妙已45年整。

嫩江湖湾^①天鹅雁鸭聚欢有寄

万类别秋迎凛冬，鸿鹄阔宴水园中。

约凫畅舞此福旺，邀雁欢歌其乐融。

趣雅谐真陶画境，情浓至善展诗容。

舒吭异曲向天啸，任尔霜寒狂北风。

① 嫩江湖湾：指嫩江流经齐齐哈尔市龙沙动植物园湖湾水系。

立冬日参谒大乘寺^①有悟

秋息月遁骤寒风，败叶枯枝萧瑟红。

觉乱无常托殿鼓，情痴有度观太平^②。

随缘禅意八方净，得妙玄机万事空，

路叙沙弥^③抒共愿：民安世泰立祥冬。

① 大乘寺：位于黑龙江省齐齐哈尔市铁锋区木海街，又称"大佛寺"。
大乘寺始建于1943年，占地面积超过3万平方米，是黑龙江省现存规
模最大的琉璃瓦建筑群，为省级重点文物保护单位。
② 太平：指太平鸟。
③ 沙弥：佛教出家五众之一，指依照戒律出家、已受十戒的7~20岁
男性修行者。

大雪抒怀

虹霓照壁映书房，早起观江诗兴狂。

揉碎白云凡界撒，聚凝素雾世间翔。

冰清靓影掩涛气，霜衬静流溶浪妆。

银发年华期更许，无瑕瑞叶①伴飞扬。

① 瑞叶：古时雪的雅称。宋代范成大《雪后雨作》："瑞叶飞来麦已青，更烦膏雨发欣荣。"

静默

静默蜗居半月圆，无疾要务测核酸。

欲知冬雪多薄籁，堪比市街丢闹欢。

诗影偃旗迷梦远，笙歌息鼓寂音湮。

忽传疫缓清零化，梦醒寰球日朗天。

车行漠河北极村①感怀

驱车畅旅沐花香，诗影快哉寻北方。

但许河山收眼底，犹融林草碧边疆。

海天奇峻征程远，风雨阴晴盘路长。

颠沛人生逢夏至，激情梦幻赏极光。

① 漠河北极村：位于黑龙江省大兴安岭地区漠河市北极镇，是中国观测北极光的最佳地点，也是中国最北的城镇和5A级旅游景区。

伊春汤旺河石林景区①掠影

飞车夜骋小兴安，拂晓探幽一线天②。

鬼斧劈得甲骨壁③，神工凿取弥勒岩④。

速攀峰顶瞰林海，缓落谷心啸鸥鸢。

坐伴奇石参苦乐，莫如快意越关山。

① 汤旺河石林景区：位于黑龙江省伊春市东北部小兴安岭顶峰，汤旺河上游。

②③④ 一线天、甲骨壁、弥勒岩，均为该景区奇观名称。

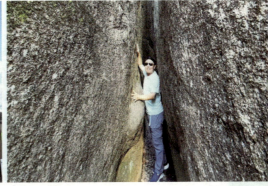

流连伊春五营①红松林抒怀

伊春畅旅伴晨兴，怡沁身轻醉五营。

植被软茸狸鼠跳，氧吧舒韵脑心清。

可亲天赐森无尽，犹喜人栽林再生。

他日成材资四海，国之梁栋有青松。

① 五营：即五营国家森林公园，位于黑龙江省伊春市，园内有中国规
模最大、保存最完整的红松原始森林带。

华夏东极抚远①游吟

昭秋晓露暖阳融，边境悠行今最东。

首缕晨光呼众起，多条航路助民兴。

英雄岂止排头哨，荣耀当归列阵兵。

待到憨熊环岛日②，纵歌华夏庆天功。

① 东极抚远：指黑龙江省抚远市，是中国陆地最东端的县级行政区，也是将每日第一缕阳光迎进祖国的地方，素有"华夏东极"和"东方第一城"之美誉。

② 待到憨熊环岛日：意指黑瞎子岛全部回归中国之日。

饶河县^①观光抒怀

金风爽送荡秋光，情醉饶河心泛觞^②。

万顷耕田汲汗水，无名垦者感穹苍。

辛勤垒取天恩助^③，庸碌离缘粮满仓。

大顶山巅歌放愿，幸福日子永年长。

① 饶河县：位于黑龙江省东北边陲、乌苏里江中下游，与俄罗斯隔江相望。

② 泛觞：饮酒。借唐朝储光羲《京口送别王四谊》："明年菊花熟，洛东泛觞游。"

③ 天恩助：指仿古建筑天佑阁，坐落在饶河大顶子山上。

参观同江市①礼赞

双雄②戏水汇同江，靓丽多姿鱼米乡。

惊佩赫哲③传巧艺，叹观伊玛④创华章。

自由边贸港桥畅，平等邦交友谊彰。

阅尽古今沧浪史，界碑⑤伟岸立东方。

① 同江市：黑龙江省辖县级市，由佳木斯市代管。
② 双雄：指松花江和黑龙江。两江流到同江形成三汊口，人们习惯称
"三江口"。
③ 赫哲：赫哲族，为中华六小民族之一。同江市独有赫哲族文化博物馆。
④ 伊玛：指民族史诗"依玛堪"，是赫哲族的一种说唱艺术。
⑤ 界碑：专指雄踞中俄边境的244号界碑。

参观虎头要塞①遗址有记

阴森要塞恶充盈，耻录军国满罪行。

残害劳工②遗骨愤，激活盟友③恨心膺。

苏兵重炮泄仇雨，日寇狂敌陷丧茔。

唯诺虎头无再战，东方世界永和平。

① 虎头要塞：位于黑龙江省鸡西市虎林市虎头镇，是日本侵华期间所建的军事基地，亦为其侵华留下的重要罪证之一。

② 劳工：为修筑要塞，日军从中国关内外强征十几万人。

③ 盟友：指苏联军队。

观兴凯湖①浩叹

白驹略隙又秋初，览胜驰堤兴凯湖。

浩瀚蓝天融水色，连绵绿地入诗图。

枕风驭浪豪情起，明史涤源雄志抒。

他日雪冤②驱北寇，不绝千里醉舳舻③。

① 兴凯湖：位于黑龙江省密山市。

② 冤：指兴凯湖原是中国内陆湖，1860 年中俄《北京条约》中改为中
俄界湖。

③ 舳舻：尾首相连的大船。借宋代苏轼《前赤壁赋》："舳舻千里，旌
旗蔽空。"

观赏密山北大荒
书法艺术长廊^①有寄

众家书法漫流长，艺现当年北大荒。

饱蘸如椽描地笔，狂挥似梦绘天章。

纤毫细现古今事，神墨尽舒文史疆。

铅步难移屏气望，兰亭^②曲水韵芳香。

① 北大荒书法艺术长廊：位于北大荒文化的发源地——密山市。景区里书碑林立，为开发北大荒做出过贡献的文化名人，如丁玲、艾青、聂绀弩、吴祖光等人的书作，以及现代著名书法家，如启功、邵宇、沈鹏等人的墨宝，均在此陈列。

② 兰亭：书法长廊的第一道景观便是书圣王羲之的巨幅雕像及镌刻在基座上名闻千古的《兰亭集序》。

崇观尚志市
中国书法文化博物馆

神州宝粹浩如烟，翰墨研精今古传。

篆隶行书携楷现，赵颜柳体伴欧瞻。

印坛①联苑醉缤范，龙壁②寿山③夺彩缘。

更有邻邦④撷助妙，千家竞法笔超橼⑤。

① 印坛：博物馆有众多石刻印章。其中"九龙印"重70.39吨，是世界上最大、最重的篆刻印章。

② 龙壁：该馆内的千龙壁，收录古今1066个"龙"字书法作品。

③ 寿山：馆中"万寿山"收录古今中外16000余个"寿"字书法作品。

④ 邻邦：韩国世界书法协会与该馆联办"世界书艺碑刻群"。

⑤ 笔超橼：该馆拥有世界上最大、最重的毛笔雕塑——"腾龙笔"（高15.12米，重30.03吨）。

雪乡^①探美

千里长驱迎曙光，心驰玉絮^②醉斜阳。

轻吟夜色群星美，微距冰花片脉香。

山沸村欢戏社火，饰鲜妆艳闹琼芳^③。

民俗雅趣笔难绘，醉世神工赞雪乡。

① 雪乡：位于黑龙江省海林市。
② 玉絮：古人咏雪词。见宋代司马光《雪霁登普贤阁》："开门枝鸟散，玉絮堕纷纷。"
③ 琼芳：古人咏雪词。见唐代李贺《十二月乐词·十一月》："宫城团回凛严光，白天碎碎堕琼芳。"

大雪寻趣

时节大雪满城白，瑞叶晶莹楼宇皑。
凝雨①雾凇冰翠体，顽童玉女透红腮。
清欢浅唱诗言志，通览粗读卷列斋。
鹖鸣②惧寒惊报喜，山君③乐吼唤春来。

① 凝雨：古人咏雪词。见南朝梁沈约《雪赞》："独有凝雨姿，贞晼而无殉。"
② 鹖鸣：寒号鸟。
③ 山君：老虎。旧以虎为山兽之长，故称。《说文·虎部》："虎，山兽之君。"

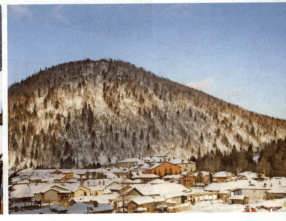

颂萧红

——敬瞻呼兰萧红纪念馆并念五四运动 100 周年

故国风雨蕴奇虹，才女香凝匡世功。

寻望自由博爱烈，抗争独树至情浓。

遍书轻拭乡殇泪，满纸深呈族难容。

生死场前婷玉立，洛神①再现仰萧红。

① 洛神：中国神话中的洛水女神。萧红被称为"20 世纪 30 年代的文学洛神"。

贺齐师院外语系八一级入学 40 年聚会（哈尔滨）

冰城盛夏艳超花，卌载如约伏尔加[①]。

漫步宫堂[②]寻旧忆，暇茗林墅赏新槎。

同窗曾放奋飞燕，异域今欢豪骊骅。

不夜青春情又至，良宵送月捧朝霞。

① 伏尔加：指哈尔滨市伏尔加庄园。

② 宫堂：指伏尔加庄园内的彼得洛夫艺术宫和圣·尼古拉大教堂。

吉林

匆过查干湖^①景区小记

自驾延吉过旱干^②，憩歇园景测核酸。

鲜闻往日舟车闹，未见此时锣鼓喧。

浩瀚神湖多静默，圣洁古迹少观瞻。

待得疫尽泛波上，再睹芳容醉不还。

① 查干湖：吉林省最大的淡水湖，位于松原市前郭尔罗斯蒙古族自治县，自然资源丰富，亦有众多古迹等文化旅游资源，如蒙满文碑、王府民俗展厅、查干湖渔猎文化博物馆等。
② 旱干：查干湖别名，亦称旱河。

蛟河红叶谷^①寄怀

车行逆旅谢秋容，圣境彤辉色正浓。

叹赏余黄苍岭现，惊观俱赤满山拥。

攀云入影未知倦，化雾成诗已动容。

欲诉柔情深翠谷，相思片叶寄遥红。

① 蛟河红叶谷：位于吉林省蛟河市拉法山国家森林公园的庆岭风景区。

敦化六鼎山文化旅游区^①即占

城南香火入云端，祭祀传经叠戏言。

谨请释迦形影大，即修列祖怪身先。

拓宣文旅忌商气，持守圣明崇定禅。

帝制终崩花落去，仅余佛照六鼎山。

① 六鼎山文化旅游区：位于吉林省敦化市，其中有世界上最高的释迦牟尼青铜坐佛——金鼎大佛。该景区先后荣获"全国十佳文化生态景区""非物质文化展示基地"等荣誉。

延边朝鲜族自治州
70 华诞寄情

虔行复访[1]赞延边，锦贺隆辰七秩绵。

慧善卓族知本色，耕读优序养原贤。

史迁苦雨抗争路，今谱甘泉拓创篇。

寄语多情十载后，再临乐鼓舞人间。

[1] 复访：延边朝鲜族自治州成立 60 周年之际，余曾到访此福地。值其 70 华诞，余又临胜境。

辽宁

鸭绿江畔秋赏有寄

秋夕自驾赏金黄，诗影聚欢鸭绿江。
此享双节①天炽热，彼②同一水地寒凉。
断桥③永证狼烟史，圆月昌期时事祥。
民盼涛平福裕旺，曦清红日耀东方。

① 双节：指中秋节、国庆节。
② 彼：指鸭绿江属于朝鲜的那一侧。
③ 断桥：指位于辽宁省丹东市的鸭绿江大桥。1950 年 11 月，该桥被美国空军炸断，成为抗美援朝沧桑历史的见证者。

本溪红枫①礼赞

天辽地阔穗禾丰，岭上仲秋伊正红。

薄叶层层柔水韵，纤身款款飒风情。

深滋夜露性初烈，酷浸晨霜色更浓。

冠盖卓群②如火盛，倾山摄美醉国枫。

① 本溪红枫：辽宁省本溪市拥有关门山、老边沟、枫林谷、大冰沟、大石湖、洋湖沟等红枫树景区14个，面积达26.5万亩，共有枫树品种12种。

② 冠盖卓群：指本溪红枫相比全国知名红枫景区如北京香山、南京栖霞山、吉林红叶谷、川西米亚罗等，在规模、品种和综合景色方面均很出众。

华 东 篇

山东

参观胡庄天主教堂建筑群

再驰齐鲁赴南方，文化探幽稀世堂①。

儒术独尊承伟史，耶稣并奉曜②神光。

拾级陡峭雾茫远，观教平和朗润祥。

愿主通灵多普爱，苍生无恙保安康。

① 稀世堂：指全国三大天主教圣地之一的山东省平阴县胡庄天主教堂，大小计七处建筑群。

② 曜：照耀，明亮。

参观山东寿光东头村
涂鸦艺术^①并访先生书院

闲翁信旅缀山花，最爱农桑田垄家。

纵使疾驰千里远^②，莫失徐步半村暇。

迷乡多彩呈华绣，致艺专心献丽婍。

澹荡人生迂百态，何妨雅兴醉涂鸦。

① 东头村涂鸦艺术：2018 年 5 月，来自全国的 100 多位艺术家历时 4 个月在村墙上留下了 100 多幅涂鸦作品。

② 疾驰千里远：从烟台开发区到辽宁省义县（加中途绕行东头村）计 1118 公里，一日驶达。

黄河入海口①感怀

殷殷华夏母亲河，奔碌汪洋势淘渤。

柔水千滴慈爱泪，良畴万顷润泽蓑。

分流竞秀拓疆界，众脉循根逐浪波。

饱览家国多少事，功归世律莫蹉跎。

① 黄河入海口：位于山东省东营市垦利区黄河口镇。

参观威海
中国甲午战争博物馆

刘公岛^①外浪滔天，痛诉国殇逾百年。

甲午风云血盛怒，马关耻辱^②泪滴潸。

多灾罹难民族恨，少患祈福社稷诚。

烽火狼烟如再起，重劈利剑斩凶顽。

① 刘公岛：位于山东半岛威海湾湾口，乃威海市天然屏障，国防地位极为重要，岛上人文景观丰富独特，为国家 5A 级旅游景区。

② 马关耻辱：指 1895 年清政府与日本签订的丧权辱国的《马关条约》。

文登①南海"改革开放40周年沙雕展"观吟

拨云见日散阴霾，痛定图强始改开。

共士有识烟雨路，流年不惑意情怀。

担纲市场至温饱，渴盼文明驭盛衰。

伴泪拼得兴旺梦，春潮鼎沛海天来。

① 文登：山东省威海市文登区。

参观鲁南台儿庄大战[①]
纪念馆记怀

当年日寇盗嚣猖，抢掠烧杀鱼米乡。

激我军民同愤切，御敌将士共昂慷。

快刀落处鬼魂破，众忾成时倭志惶。

世警恒言犹在耳，和平勿忘祭国殇。

---

① 台儿庄大战：又称台儿庄战役、台儿庄大捷，是中华民族全面抗战后中国人民取得的重大胜利。

访台儿庄古城（其一）

——历史厚重、人文荟萃之地

琴幽水旺①访奇乡，瀚古通衢达四方②。

荟萃牌坊珍迹盛，集修馆院固伦昌。

民风朴善传族久，物产盈丰励贾祥。

更创杀敌英烈史③，名实天下第一庄④。

① 水旺：台儿庄古城被誉为"中国最美水乡"。

② 瀚古通衢达四方：台儿庄地处鲁苏豫皖四省交界地带，肇始于秦汉，中兴于唐宋，繁盛于明清。

③ 杀敌英烈史：作为当年最为壮烈的抗战地之一，台儿庄古城外建有台儿庄大战纪念馆。

④ 天下第一庄：为清乾隆皇帝赐称。

访台儿庄古城（其二）

——水乡福地、精彩绝伦之景

蜂飞蝶舞盛邀君，款步轻徐陪晚春。

八派[1]邸宅荣旺筑，七朝[2]韵绘瑞光粼。

馨花缭乱他乡客，丽景思归籍里人。

静视水长流月夜，高天厚土醉情深。

[1] 八派：台儿庄内的建筑兼具北方大院、徽派建筑、水乡建筑、闽南建筑、欧式建筑、宗教建筑、岭南建筑、鲁南民居等八种风格。

[2] 七朝：指秦、汉、唐、宋、元、明、清。

江苏

大丰施耐庵故里[①]感怀

老来缘促拜施翁，兑续孩时水浒情。

椽笔恩仇朝野泣，剑篇忠勇鬼神惊。

愤孤纸透抒侠史，印弃[②]风轻蔑利功。

翦暴安良千世义，替天行道万秋名。

① 大丰施耐庵故里：中国古典"四大名著"之一《水浒传》作者施耐庵的故乡，位于江苏省盐城市大丰区白驹镇。这里建有施耐庵纪念馆。

② 印弃：施耐庵得中进士后，曾在钱塘为县尹二载，激于义愤，断然挂印辞官，游历八方，后隐居花家垛岛，潜心著述。收罗贯中为徒，协助编校《水浒传》。

观千垛^①水上油菜花

油香菜卉遍江南，凌水中开犹壮观。

片片连芯桑陌灿，湾湾挽臂娆阡妍。

舳姑戏浪飘乡曲，旅伴迷思恋客船。

又见农耕谐趣史，花黄笔妙绘人间。

① 千垛：千垛景区，又称千岛菜花景区，位于江苏省兴化市千垛镇，是"全球重要农业文化遗产"。春季时，河渠垛田上万亩油菜花盛开，美不胜收，让人心旷神怡。

兴化郑板桥纪念馆^①赏题

八怪扬州^②浊世枭，三绝^③艺境乃峰骄。

竹石风骨贵坚劲，兰卉姿容增媚娆。

处事合规私欲悦，为官勉政众心昭。

糊涂百岁难得妙，清醒一生真板桥。

① 郑板桥纪念馆：位于江苏省兴化市昭阳镇。郑板桥原名郑燮，字克柔，号理庵，又号板桥，人称板桥先生，江苏兴化人，清代书画家、文学家。

② 八怪扬州：扬州八怪是清康熙中期至乾隆末年活跃于扬州地区的一批风格相近的书画家总称。他们以挥洒自如的笔锋、特立高标的品行著名，因此称作"八怪"。

③ 三绝：指郑板桥的诗、书、画在艺术史上独树一帜，世称"三绝"。

如皋①盛聚②感恩众亲

初夏如皋满目葭，溯源挚友泪沾巾。
十年耕育繁而沃，廿载别离老更亲。
虽有宛疆③传谊话，怎攀南北奏知音。
叼劳妹弟难言谢，师院情结永醉心。

① 如皋：江苏省辖县级市，由南通市代管。
② 盛聚：昔日同事、同学、好友欢聚如皋。
③ 宛疆：指明末清初如皋人董小宛、冒辟疆。二人的凄美情缘被传为
佳话。

瘦西湖①流连感怀

扬州驻访瘦西湖，节后游君多若无。

观景错峰才入境，研经据史可超俗。

亭桥过往千年韵，烟雨晴阴一季菽。

曼妙清波安忍醉，人生彩绚莫相辜。

① 瘦西湖：位于江苏省扬州市。

敬参扬州大明寺有寄

山门圣地且徐行，独敬三师拜大明。

苏轼词人^①垂范表，醉翁文政^②锐锋英。

更崇宗祖^③扶禅杖，也送唐风助外瀛^④。

古刹梵音普世语，家国巨细总关情。

① 苏轼词人：号东坡居士，曾任扬州知府，其为文与做人俱可为后人之楷模。

② 醉翁文政：欧阳修，号醉翁，不仅是文坛巨匠，而且主治扬州时政通人和。

③ 宗祖：鉴真大师被日本奉为律宗始祖。

④ 外瀛：东瀛，指日本国。

观光扬州世界园艺博览会

扬州韵秀喜空前，百里城乡馨卉牵。
笑意甘甜迎盛会，舞姿妙幻庆奇缘。
俏葩异草庭庭翠，炫彩霓光处处鲜。
谨望纷争邪疫灭，万方绵簇世博园。

敬览镇江金山寺^①

面西雄峙大江边，饱历沧桑^②器宇轩。
洪玉敌金^③击寇胆，素贞^④献爱化蛇仙。
美传和仲^⑤友情盛，罪讨头佗^⑥神话冤。
但使佛缘常普世，禅心报寺颂金山。

① 金山寺：位于江苏省镇江市。

② 饱历沧桑：史上金山寺多次遭火焚。

③ 洪玉敌金：指"梁红玉击鼓战金山"的历史佳话。

④ 素贞：即白素贞，神话故事《白蛇传》中的白娘子。

⑤ 和仲：北宋文学家苏轼的字之一。

⑥ 头佗：唐代法海禅师的别名。史实中法海禅师是一位对金山寺创建及中国佛教发展有卓越贡献的高僧，却在神话故事《白蛇传》中被丑化。

寻访镇江赛珍珠纪念馆①

镇江史话贵贤淑，籍美文人列俊儒。

讨寇②援中侠义举，悯农济世恣情书。

谷阳③祛魅几多幸，华夏昌明不少福。

大地④已然春又绿，感恩至善赛珍珠。

① 赛珍珠纪念馆：位于江苏省镇江市区，是美国作家、人权和女权活动家赛珍珠 19 世纪末 20 世纪初在镇江的故居。赛珍珠在中国生活了近 40 年。

② 讨寇：在世界反法西斯战争中，赛珍珠曾任美国紧急援华委员会主席。

③ 谷阳：镇江古称。

④ 大地：既指江南广袤的土地，又谓赛珍珠的著作《大地》。赛珍珠以《大地》获诺贝尔文学奖。

南京牛首山^①感怀

金陵气象古风巅，圣地绝伦牛首山。

万壑镂空去悼虑，双峰竞秀结欢缘。

礼观天阙^②思潮湃，净悟梵音心镜圆。

佛法参禅无量世，唯求国泰佑民安。

① 牛首山：位于江苏省南京市江宁区牛首山文化旅游区内，因山顶突出的双峰对峙恰似牛头双角而得名，民间又称为牛头山。
② 天阙：天上的官殿，也是牛首山的旧称。北宋王安石在其诗《金陵怀古》中有："地势东回万里江，云间天阙古来双。"

侵华日军南京大屠杀
遇难同胞纪念馆感记

金陵赶祭故国殇，深悼同胞泪两行。

倭寇铁蹄皆踏血，御军钢刃俱煞光。

幸得外友①死生助，才得世庭②正义张。

刻骨铭心屈辱史，警觉代代必图强。

① 外友：指在日军南京大屠杀期间以各种方式救助国人并揭露日军罪
行的国际友人。
② 世庭：指"二战"结束后审判日军战犯的国际军事法庭。

虔访金陵古鸡鸣寺①

循樱赏卉沐晨钟，路静神闲隐鼓鸣。

每谒寺堂心礼拜，此临圣境智情恭。

金鸡胜勇战蜈怪②。香火旺衰显宗诚③。

古刹千年缘起落，梵音谶④语伴青灯。

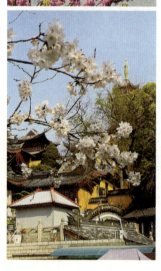

① 鸡鸣寺：位于江苏省南京市鸡笼山东麓山阜上，又称古鸡鸣寺，始建于西晋永康元年（300 年）。

② 金鸡胜勇战蜈怪：系鸡鸣寺得名的传说。

③ 宗诚：谓宗诚法师，是古鸡鸣寺著名禅师（1912—1996），世寿 84 岁。

④ 谶：将来能应验的预言、预兆。

观南京明孝陵感怀

兴宗①未殡已修陵，廿五年劳十万工。
俱忘家贫兴血雨，唯求权盛恋腥风②。
功成霸业骨枯在，草饰青山梦续空。
仅有松涛石兽道③，陪君岁岁拜西东。

① 兴宗：朱元璋别名。
② 恋腥风：朱元璋为固霸业弑杀成风，并亲作《示僧》诗一首："杀尽江南百万兵，腰间宝剑血犹腥！老僧不识英雄汉，只管哓哓问姓名。"
③ 石兽道：指位于明孝陵景区内通往孝陵的、由六种石兽组成的"石象路"和"翁仲路"，长约 600 米。

致敬黄天中^①校长

　　金陵首晤遇甘霖，中美珠联肇始春。

　　廿载亲情浓似海，半生义献淡如云。

　　呕心桃李满天下，福报桑榆成世音。

　　伟业千秋谁与共，职涯教化第一人。

① 黄天中：美籍华人，教授、博导、美国托马斯大学中国总校区校长、美国库克大学中国总校区名誉终身校长。1999年黄天中任美国阿姆斯壮大学校长。为洽谈合作办学，余有幸于南京与黄校长相识并不断增进友谊及校际合作。20年中，黄校长为中美高校合作办学及学生生涯规划教育殚精竭虑，做出了卓越的功绩和贡献。

观访苏州首日久立博物馆内

苏博复建①美超前，设计②绝伦观首端。

典雅婉约丰古韵，恢宏俊逸尚天然。

恰如灵挽异族秀，更似心仪昨世缘。

谅怨时空常负我，酩酊此刻最江南。

① 苏博复建：苏州博物馆于 1960 年 1 月正式成立。2006 年 10 月 6 日，苏州博物馆新馆建成并正式对外开放。

② 设计：指苏州博物馆新馆由世界著名华人建筑设计大师贝聿铭（祖籍苏州）设计。贝聿铭曾多次获国际设计金奖。

游苏州木渎古镇

香溪①秀雅冠江南，史迹经年逾两千。

岂止帝皇巡忘返②，犹迷贤士隐居③延。

精工荟萃④物丰产，巧艺齐集文富坛。

更喜吴侬轻细语，评弹一曲胜人间。

① 香溪：木渎的雅称。

② 帝皇巡忘返：乾隆皇帝每次下江南必游木渎，憩虹饮山房。

③ 贤士隐居：此谓史上著名贤士名流的居所和林园。

④ 精工荟萃：木渎是汉族传统手工艺品之乡。

苏州诚品书店①有怀

临湖闹市阅灯明，身置悠游凡事空。

经世修行灵造化，研诗论理智升鸿。

充饥面点②飨青少，进步阶梯③攀老翁。

试问余生何所幸，再④诚品店做书虫。

① 苏州诚品书店：位于苏州工业园区金鸡湖东畔，是台湾诚品书店在大陆的首家分店，已成为城市文化新地标。
②③ 充饥面点、进步阶梯：皆引自苏联著名作家高尔基对读书及书籍的名言。
④ 再：余2005年曾在台北诚品书店彻夜阅览，深感其读书氛围的浓厚。

上海

师生、同学欢聚上海深情感怀

枫泾①古韵贵梅煌②，逾卅手足缘浦江。

一乐③引出千户乐，数芳映就满庭芳。

姻联秦晋京求沪④，叶茂梧桐凤恋凰⑤。

黉⑥序深情谁可证？明珠璀璨耀东方。

① 枫泾：位于上海市郊的枫泾古镇。

② 贵梅煌：余前同事蔡梅创办的企业在此，业绩辉煌。

③ 一乐：引自孟子"得天下英才教育之，一乐也"，此指教师。在沪同学、学生多半执教，桃李芬芳。

④ 京求沪：当年恩师陶次禹（北京籍）娶陈洁（上海籍）为妻，恩爱美满。

⑤ 凤恋凰：中学四位女同学工作后分别嫁给四位上海同事，生活幸福。

⑥ 黉：古代的学校。

浙江

兰亭[1]抒怀

自驾游春寻古风，峰回梦绕至兰亭。

鹅池饱蘸文仙笔，羽翼陶觞书圣情。

溪水潺潺流日月，丝竹切切畅禅经。

浮生所好诗居首，暮暮朝朝皆为卿。

[1] 兰亭：位于浙江省绍兴市兰亭镇，是魏晋隐逸文化的重要纪念地和书法圣地。东晋书法家王羲之曾在此写下被后人誉为"天下第一行书"的《兰亭集序》。

晨光乌镇

两栅①无眠迎旭阳，莺啼蕊绽吐芬芳。

石堤嫩柳沁心翠，民宿早炊扑面香。

惊世水乡词曲赋，旷俗文脉馆阁②藏。

新姿古韵情缘续，再启诗程奔远方。

① 两栅：乌镇景点的两部分，分别称东栅和西栅。
② 馆阁：指昭明书院、文昌阁、茅盾纪念馆、木心美术馆。

乌镇敬瞻木心美术馆

风水青墩①流古今，盛衰国脉烁师人②。

智情形质皆独秀，书画诗章俱最神。

炼狱"文革"③毫愈奋，依魂上帝④著尤勤。

江河日下峻奇在，素履惊天唯木心。

① 青墩：乌镇之别名。

② 师人：指乌镇历史上大师辈出，如近现代文学巨匠茅盾等，但余最推崇木心。

③ 炼狱"文革"："文革"时，木心被囚在浸水的防空洞中，仍偷偷写就65万字的手稿。

④ 依魂上帝：旅居美国后，木心笃信基督，认为是上帝为他不辍之笔注入了动力。

敬访浙江建德市梅城古镇

严州雅镇俏梅馨，厚重时光掩绿荫。

古典豪文山水盛[1]，诗坛巨匠[2]墨痕新。

曾留血骨[3]承国运，更有星师[4]启火薪。

日朗心仪诗仰贺，小城没齿欲沾巾[5]。

[1] 古典豪文山水盛：梅城（严州）在古典小说《水浒传》《儒林外史》《官场现形记》《金瓶梅》中多有描述。

[2] 诗坛巨匠：诗人陆游、谢灵运、李白、孟浩然都为梅城写下了流传千古的诗文佳作。

[3] 血骨：指著名的浙江大学，抗战期间为免遭日寇轰炸，曾迁校梅城。

[4] 星师：当年浙大名师治校，曾有竺可桢、马一浮、谈家桢、束星北、王淦昌、程开甲、钱穆、苏步青、丰子恺、贝时璋、梅光迪等大批教授，灿若繁星。

[5] 欲沾巾：借自明代高启《送陈则》中："相送欲沾巾。"

拜谒浙江淳安龙山海瑞祠记怀

旅驰越岛^①至淳安，拜谒刚峰^②尊圣山^③。

反腐惩贪徭税减，济贫赈困庶民欢。

生前冒谏有存椁，身后入棺无殓钱。

浊世清流千古颂，声声念念海青天。

① 岛：指浙江千岛湖，在淳安县境内。

② 刚峰：海瑞刚直不阿，自号刚峰，海瑞祠旁有刚峰林。

③ 圣山：指淳安县境内的龙山，亦指浙、皖文化的精华。海瑞祠建于龙山之上。

建德市新叶古村①抒怀

流年幽远影留寻，敬览化石②叶氏村③。

雄塔宏祠④连血脉，雅阁迷卦⑤聚族心。

鹅黄簇簇晴耕继，嗓稚殷殷雨诵勤。

句短情长描古韵，江南馈我又一春。

① 建德市新叶古村：位于浙江省。
② 化石：新叶古村被誉为"元明清古建活化石"及"明清古建露天博物馆"。
③ 叶氏村：新叶村是国内叶氏最大的聚居地。
④ 雄塔宏祠：村内现存16座古祠堂、古塔、古大厅和古寺。
⑤ 雅阁迷卦：指村内的文昌阁和八卦走势布局的路巷结构。

过西塘、南浔古镇^①并记

顽心逆旅小村陬，顺径匆匆名镇游。

满目皆拾春色媚，当街尽显贾家啾。

庭苔润雨滴成墨，文脉勋族举向侯。

常挎诗囊寻古韵，且陪岁月共白头。

① 西塘、南浔古镇：西塘古镇属浙江省嘉兴市嘉善县，为古代吴越文
化发祥地之一；南浔古镇属浙江省湖州市南浔区，素有"文化之邦"
和"诗书之乡"之美誉。

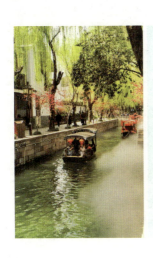

台州府城^①观览有句

台州古韵聚临安，痴醉旅人须细瞻。

湖水碧清流日月，碑林挺秀颂英贤^②。

拾级峭垛雄关险，漫步老街商市喧。

惊见暮春别草嫩，池鸭恋偶自呢喃。

① 台州府城：位于浙江省台州市临海市。

② 颂英贤：台州府城（东湖）内多见碑文、对联、雕塑等，纪念古代此地名仕和英雄，如初唐诗人骆宾王、北宋紫阳真人张伯端、明朝抗倭名将戚继光等。

游览浙江温岭小箬岛情寄

东南顺旅任风飙，箬岛引发狂赞潮。

幻境迷离山海绕，真情澎湃玉旌飘。

已流华岁映帆影，不老顽童显稚韶。

更喜恩师①相陪伴，人生七彩尽妖娆。

① 恩师：余大学恩师齐揆一先生以 78 岁高龄，携夫人自驾车赶来温岭与余相聚，并同游小箬岛。

观赏浙江丽水云和梯田感怀

远程自驭奔梯田，雾雨征山七百旋。

云海腾翻喧圣貌，水光潋滟映洁颜。

拜观畲汉农耕艺，醉赏春秋穑稼阡。

有问谁织绝世景？辛劳苦众在民间。

安徽

敬欧阳修①访醉翁亭场记

琅琊亭美秀滁州，仰止文宗②寻迹游。

创启清风诗苑振，荡涤浊弊政坛道。

品格最是护高雅③，境界难能培后俦④。

真意醉翁非在酒，与民同乐挂心头。

① 欧阳修：号醉翁，北宋政治家、文学家、史学家。

② 文宗：欧阳修不仅创作了包括《醉翁亭记》在内的大量文学作品，而且领导了北宋的诗文革新运动，被称为"一代文宗"。

③ 护高雅：欧阳修谏持新政，为范仲淹等人辩护而遭贬谪。

④ 培后俦：欧阳修大力选拔提携青年才俊，如苏洵、苏轼、苏辙、王安石、曾巩、张载、程颢、包拯、司马光等，被誉为"千古伯乐"。

参观合肥市三合古镇
杨振宁旧居有记

庐阳近代镇三合[①]，天降奇人自奋翮[②]。

诺奖荣膺华裔少，书山问顶隘关多。

喜归故土帅师表，勇创新学靓楷模。

所愿神州星璀璨，比肩世界奏高歌。

[①] 庐阳近代镇三合：庐阳，合肥市别名。1922年杨振宁出生于此，少年时与母亲生活在三合镇。

[②] 奋翮：展翅，振羽。清代吴炽昌《客窗闲话·张慧仙寄外诗记》："终当奋翮云霄，岂池中物哉！"

胡适为杨振宁、杜致礼夫妇新婚题词
Wedding inscription given by Shizhi Hu to the couple

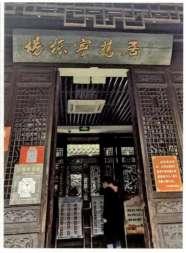

安徽三合古镇
参谒孙立人故居有寄

花鲜柳绿趁阳春，肃穆寻幽谒立人①。

健体高学②真义士，灭倭善战乃军神③。

身遭飞弹④死无惧，命遇谗言⑤生更辛。

隔海难描初地望，何时一统慰归魂。

① 立人：孙立人（1900—1990），抗日名将，安徽庐江县三合古镇人。

② 健体高学：1921年，孙立人曾作为主力后卫，率国家篮球队首获国际大赛冠军。其先后毕业于清华大学和美国弗吉尼亚军事学院。

③ 军神：抗战期间，孙立人率部在重大战役中歼敌3.3万余人，成为令日寇闻风丧胆的将军，被誉为"沙漠之狐""东方隆美尔"。

④ 身遭飞弹：在1937年淞沪会战中，孙立人身先士卒，被日军炮火炸伤13处，昏迷三天三夜。

⑤ 命遇谗言：孙立人晚年居台湾，因遭诬陷而被蒋介石幽禁33年。

敬访绩溪县胡适故居

高山仰止古风香，寻迹尊师①访上庄②。

君子尚德诚碧玉，贤人待友倒羞囊③。

开新白话文学倡，弃旧哲言思想扬。

浊世清流安可忘，求真笃厚沐阳光。

① 尊师：指胡适为公认的思想家、哲学家、文学家、教育家。

② 上庄：安徽省绩溪县上庄村，胡适故里。

③ 倒羞囊：胡适乐善好施，待友豪爽。他接济的人有林语堂、吴晗、
罗尔纲、周汝昌、李敖、沈从文、季羡林、千家驹等一众才子。

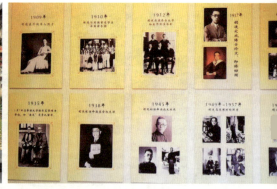

参观绩溪龙川古村①获记

皖南驾旅罩笼烟，水墨丹青徽派颜。
得见首祠②流变史，有知精刻③孝忠源。
仕贤辅政拓民愿，统领抗倭封域权④。
世朴风淳追梦远，群星北斗耀龙川。

① 龙川古村：位于安徽省绩溪县。
② 首祠：指被誉为"江南第一祠"的胡氏宗祠，具有"民族艺术殿堂"之美称。
③ 精刻：指奕世尚书坊，是明代正宗石雕牌楼。
④ 统领抗倭封域权：明代抗倭统帅胡宗宪系龙川人，亦是将钓鱼岛标在华夏地图上的第一人。

拜访歙县陶行知纪念馆感怀

兴学啼血四十春，光焰中华传火薪。

待己不留一寸草，奉国必捧整颗心。

求真求慧求人范，为教为师为众魂。

风骨陶公今可在？桑间桃李尽成荫。

参观安徽歙县博物馆欣记

徽州文旅盛超然，首选心仪博物篇。

玩赏金石集韵彩，醉研碑刻忘时间。

憩园无意春风顾，美展有识宾虹[1]捐。

最是怡情星浩瀚[2]，太白楼内访诗仙。

① 宾虹：黄宾虹，山水画一代宗师，歙县人。
② 星浩瀚：新安石刻藏有从晋到明 24 位书法名家的 31 件作品。

参观棠樾村古牌坊、祠堂①群有句

徽州鲍氏获牌坊，并具丰碑撼世堂②。

静赏群雕忠孝史，纵观族谱礼仪乡。

耕读及第仕七代，商贾帮贫惠四方。

喜有今人师古训，新风遗韵共荣光。

① 棠樾村古牌坊、祠堂：位于安徽省黄山市歙县郑村镇，为明清时期古徽州建筑艺术的代表。

② 撼世堂：与牌坊群相连并存三座祠堂——清懿堂、敦本堂、世孝祠。

徽州潜口镇唐模村①感怀

先民颖慧熠生辉，古建华居琼翠蕤。

承续遗风堂槲茂，奏扬雅韵史文岿。

水街每绕诉前故，农事常忙收晚晖。

何奈雨疾教化远，盼云开日响春雷。

① 潜口镇唐模村：中国传统村落，位于安徽省黄山市徽州区。

游观徽州呈坎村①寄怀

徽州古韵导征铎，细雨无极②更潋娑。

巧筑厅居溪水绕，精雕阁院玉山遮。

人文鼎盛超玄卦，物器丰盈勤秘赜③。

阔旅一生游坎坷④，躬行所愿莫蹉跎。

① 呈坎村：位于安徽省黄山市徽州区。
② 无极：指呈坎二字的阳阴之说。
③ 赜（zé）：深奥、玄妙。
④ 游坎坷：延意呈坎村福语"到黄山天下无山，游呈坎一生无坎"。

参观歙县许村^①有寄

徽区数日雾蒙蒙，未减尊崇游意浓。

古建雄姿惊后代，世遗焕彩慰族宗。

耕晴读雨家风继，科仕经商时运通。

谨愿人文重鼎盛，神州革故再昌明。

① 歙县许村：中国传统村落，位于安徽省歙县许村镇，为全国重点文物保护单位。

江西

游婺源县篁岭村^①所感

农耕旅游赏春盈，寻味人文兴致浓。
黛瓦山居真本色，白墙水绕最空灵。
扶云隐雾花丛里，把酒斟茶书市中。
岭上炊烟香袅起，诗情谱乐踏歌行。

① 婺源县篁岭村：位于江西省上饶市，建于明代中叶，至今已有500
多年历史，被称为"梯云人家"。

敬访理坑古村①侧记

弯急雨骤路行难，情热民淳嫩笋鲜。

偏寨矻矻多礼士②，正经灿灿满书篇③。

遍观家训族风朴，尽赏乡约日月传。

随紧导游明世相，诵轩受教法先贤。

① 理坑古村：位于江西省上饶市婺源县沱川乡。

② 多礼士：理坑虽地处偏隅，但古时人才辈出，有七品以上官阶36人、进士16人、文人学士96人。

③ 满书篇：理坑学人著作多达333部582卷，其中5部78卷被列入《四库全书》。

参观思溪延村①咏怀

如酥杏雨势连绵，丝柳婀娜撩水边。

探访三堂②商继古，聆听四史③士争贤。

桃红片片春光媚，菜卉枚枚香气鲜。

际会多为塞北客，诗心伴画颂江南。

① 思溪延村：位于江西省婺源县思口镇，始建于南宋庆元五年（公元1199 年），距今已有800 余年历史，是儒商古韵的典型。

② 三堂：指聪听堂、明训堂、余庆堂。

③ 四史：指古村读书史、经商史、建筑史、发展史。

江西双井①寻访黄庭坚②故里

碧悠修水润青山，书院③德功育众贤。

自幼习诗④聪颖慧，终生奋笔⑤著文篇。

刚直岂惧贬谪难⑥，廉孝⑦必得拥戴安。

从古清风传正史，家乡永志赞庭坚。

① 双井：双井村，黄庭坚故里，位于江西省修水县杭口镇。

② 黄庭坚：字鲁直，号山谷，北宋著名诗人、书法家、江西诗派始祖。

③ 书院：指在素有文章奥府之誉的修水，有史料记载的书院有25所之多。

④ 自幼习诗：此指黄庭坚7岁所作《牧童诗》。

⑤ 终生奋笔：黄庭坚在诗、词、散文、书、画等方面均取得很高成就。

⑥ 刚直岂惧贬谪难：黄庭坚面对莫须有的罪名不折腰、不屈服，先贬涪州，后贬黔州，再贬戎州，羁管宜州，颠沛流离，困苦一生，最后病死于宜州南楼。

⑦ 廉孝：黄庭坚为官清廉，"但愿官清不爱钱"是他终身践行的信条。他又因是大孝子远近闻名。

黄庭坚书法

修水陈门五杰①故里驻仰

心驰恋赣史沧桑，敬访陈门神绪昂。
新政祖推②明万众，古诗父导继千扬③。
秉族代世同宗勉，多恪簪缨分域彰④。
喜见宅风春又绿，儿童络绎伴花黄。

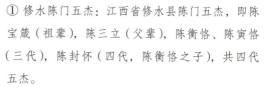

① 修水陈门五杰：江西省修水县陈门五杰，即陈宝箴（祖辈），陈三立（父辈），陈衡恪、陈寅恪（三代），陈封怀（四代，陈衡恪之子），共四代五杰。

② 新政祖推：指祖辈陈宝箴在晚清曾官至湖南巡抚，是全国唯一主推变法的封疆大吏，为治下百姓所拥戴。

③ 古诗父导继千扬：指父辈陈三立不仅为"维新四公子"之一，更是清末同光体诗三派中赣派代表。晚年目睹山河破碎，不胜悲愤，拒药绝食而死。

④ 多恪簪缨分域彰：指陈门晚辈的杰出贡献。陈三立长子陈衡恪是近代著名画家，书法、篆刻、诗文均出色，次子陈寅恪乃中国现代历史学家、古典文学研究家、语言学家、诗人，且具有阅读十几种语言的能力。陈三立嫡孙、陈衡恪之子陈封怀为著名植物学家，中国植物园创始人之一。

缅思无尽日①

寄慰清明赴九江，情思难已泪成行。

做人坦荡音容朗，为政恭谦民众祥。

磊落品格传四域，倔坚风骨誉八方。

待得锦绣报春日，大地繁花辉耀邦。

① 缅思无尽日：此为余在清明节前驱车数百公里赶至江西省共青城胡耀邦墓园，深切缅怀这位深受各族人民爱戴的党的卓越领导人。

台湾

参访台湾大学等高校[①]感怀

扁舟沐雨六十年，骨肉情依一水牵。

取路虽别同列祖，相安与共至亲联。

儒风教化根基厚，慧雅博学门类全。

旖旎春光薪火旺，神州宝岛美台湾。

① 此为余随黑龙江省教育国际交流协会代表团出访台湾四所高校时所记。

98

华北篇

内蒙古

博克图中东铁路
遗址公园寄语

西达蒙省始蜿行，耻见衢群^①心不平。

隧道曲直无底洞，碉楼横立有腥风。

幸承百载云中史，谨记一笺梦里鸿。

旧址昭新遗世训：民和友善路繁荣。

① 衢群：衢，四通八达之路。衢群，指中东铁路建筑遗址群。

呼伦贝尔①油菜花田礼赞

呼盟野色透灵光，岭衬菜花初嫩黄。

盛苦耘田农稼碌，掬甜酿蜜土蜂忙。

诗心润化摄天影，行旅创萌展画廊。

更蕴清浆秋榨后，民生共济万家香。

① 呼伦贝尔：位于内蒙古自治区东北部，因境内的呼伦湖和贝尔湖得名。

敖鲁古雅狩猎部落^①徜徉

冷极^②热点^③缀兴安，瑰丽明珠辉草原。

自古猎族英烈勇，而今驯鹿壮萌憨。

顺乎时运觅新路，承继民俗焕旧颜。

此景不唯天上有，可呈童话在人间。

① 敖鲁古雅狩猎部落：指千百年来在大兴安岭北部森林地区以狩猎、饲养驯鹿为生的鄂温克族人。

② 冷极：指根河市曾创下全国最低气温的纪录，被誉为"中国冷极"。

③ 热点：指根河源国家湿地公园、敖鲁古雅驯鹿之乡、敖鲁古雅鄂温克族驯鹿文化博物馆等景点。

额尔古纳中俄口岸①寄情

边关草卉吐芬芳，冷暖宜人生气昂。

小镇异风独雅韵，大川共雾漫雄疆。

每思跨境汗挥洒②，犹记结缘③情荡飐。

有待疫息边岸放，诗茶沸煮旧时光。

① 额尔古纳中俄口岸：位于内蒙古自治区，包括黑山头和室韦两个与俄罗斯陆路连通的口岸。

② 跨境汗挥洒：余工作期间曾多次经由满洲里口岸前往俄罗斯多个城市、高校，经黑山头口岸前往俄赤塔州普里雅尔贡斯克区洽谈中俄合作办学业务并招收俄罗斯来华留学生。

③ 结缘：余在俄普里雅尔贡斯克区走访众多俄留学生家长并与之结下深厚友谊。

满洲里掠影

轻车递旅驭黄沙，鸿雁天行缀彩霞。

卅载边关绝色显，百年口岸秀容华。

富堪佩玉新达赉①，穷可蓬头旧贝加②。

高盏未斟心已醉，临风酒敬套俄娃③。

① 达赉：达赉湖，位于紧邻满洲里的扎赉诺尔。

② 贝加：指满洲里口岸对面的俄罗斯后贝加尔斯克口岸，30 年面貌
未改。

③ 套俄娃：指满洲里套娃广场。

胡杨^①礼赞

秋光灿色贵金黄，满目层林南北疆。

曼叶婆娑昭物命，干枝傲立撼洪荒。

贫山忠子迎风站，旷漠孝孙植树忙。

经世三千^②终不朽，高歌颂曲赞胡杨。

① 胡杨：指位于内蒙古自治区额济纳旗内的胡杨林景区。

② 三千：胡杨树因不惧酷暑严寒、抗风耐旱、生命力强而被称赞"一千年生而不死，一千年死而不倒，一千年倒而不朽"。

山西

王莽岭奇观

神怡圣景湃心潮，险峻巍峨逐浪高。
云海苍苍王莽岭[①]，岩峰[②]劲劲汉家凹[③]。
日初共享断崖韵，峡隐同迷深壑韶。
此象当应天上有，人间确见世惊娆。

① 王莽岭：位于山西省陵川县，因西汉王莽赶刘秀到此安营而得名。
② 岩峰：太行山区岩溶峰丛地貌。
③ 汉家凹：指张家凹，位于山西省平顺县，峰险崖峻，惊世骇俗，世所罕见。

南太行奇景竞秀

走吧网粉快如飞，豪迈猎奇绝色追。
千载崖村①居幻史，万年冰洞藏深闺。
日寻佳景平遥雅，星赏高阳②铁屑③威。
脉脉清流尤晋盛，新姿古韵更煌辉。

①崖村：悬空村，位于忻州市宁武县涔山深处，共有三个，悬空建在悬崖绝壁间，远望好似空中楼阁、天上人家。现为芦芽山风景区的核心景点之一。
②高阳：指大阳古镇。
③铁屑：指民间技艺打铁花。

华中篇

百姓青天百姓敬 千年包公千年祠

河南

参拜鹳雀楼函谷关有记

诗文壮旅攀峰巅，喜满盈丰拜古贤。
仰望雄楼寻鹳雀①，微观秀迹赏诗轩②。
伯阳③函谷④扼关塞，智慧无为⑤法自然⑥。
上善⑦仙踪⑧无所迹，珠玑大道⑨馈人间。

① 鹳雀楼：位于山西省永济市境内黄河古道边，是我国最有影响的四大名楼之一。
② 诗轩：鹳雀楼内藏有历代文人雅士的墨宝。
③ 伯阳：老子仙名。
④ 函谷：函谷关，位于河南省灵宝市内，乃老子著《道德经》之地。
⑤⑥ 无为、法自然：指"无为而治""道法自然"，皆为道家核心理念。
⑦ 上善：指"上善若水"，乃《道德经》所倡重要修身思想。
⑧ 仙踪：传说老子写完《道德经》便飘然而去，后人不知其所踪。
⑨ 珠玑大道：指五千言的智慧奇书《道德经》，字字珠玑。

南太行挂壁公路[①] 自驾行吟

遥驰旺旅入中原，驾友如约逐鹿欢。

雄秀太行玄隐雾，幽奇晋豫险生环。

先民跨界无通路，壮士[②] 抡锤可绘天。

挂壁飞车豪气爽，心怡胜境唱河南。

① 南太行挂壁公路：南太行被称为"世界第八大奇迹"的挂壁公路共有八条。其中河南省辖三条，山西省辖五条。
② 壮士：指被誉为"世界十大最险公路"之一的"郭亮挂壁公路"的13位主要开凿者。

路在脚下

深秋览胜沐高阳，自驾飞车闯太行。

路挂^①悬崖弯窄险，心行峭顶陡急茫^②。

无梯探谷凭身手，绝壁求生^③挺脊梁。

浮世纵缰千百转，喜悲荡气伴轩昂。

① 路挂：即挂壁公路。

② 陡急茫：指"太行第一路"的"十八拐"，车行顶峰，陡临悬崖，令人茫然不知所措。

③ 绝壁求生：指当地村民为摆脱贫困，走出大山，以双手加钎锤，伴着血汗，凿出多条挂壁公路的奇迹。

113

死海①、地坑②、壶口撷萃

晨歌驾旅气昂刚，醉美神奇延太行。

死海咸湖添兴致，地坑五谷伴时光。

寻踪古史大河梦，访迹今朝小镇芳。

壶口难描咆哮浪，奔腾昼夜向东方。

① 死海：指位于山西省运城市的盐湖。由于其类似中东地区的死海，人在水中可漂浮不沉，故称"中国死海"。

② 地坑：指河南省三门峡市陕州地坑院，也叫天井院，被称为中国北方的"地下四合院"。

瞻仰开封包公祠

汴京寻古景连篇，拜谒包公当敬先。

正气乾坤奸丧胆，丹心日月众开颜。

无私铁面范时彦，大义柔情启后贤。

法路遥迢终可待，苍生避恶唤青天①。

① 唤青天：因包公清正廉洁、惩恶扬善、执政为民，百姓敬称其为"包青天"。也喻在非法治社会，人们寻求公平正义只能靠清官。

开封怀古

中华浩史远流清，大宋巍峨居首峰。
汴府①官堂达贵显，柴门市井民俗盈②。
英忠社稷皆骁将，烈满杨家尽勇名。
翰墨③龙亭④环玉带，神州勠力再福兴。

① 汴府：开封府，八朝古都，北宋时为天下首府。宋太宗、宋真宗、宋钦宗登基前均执政于此府。包拯、欧阳修、范仲淹、苏轼、司马光、蔡襄等一批杰出的政治家、文学家、思想家曾任职于该府。
② 民俗盈：此句指名画《清明上河图》中兴隆繁盛的景象。
③ 翰墨：指中国翰园。
④ 龙亭：指龙亭公园。

红旗渠①礼赞

妖魍自古虐穷乡，万众凝心战太行。

峭壁凌空悬命拓，绝崖踏峻挺肩扛。

娇姑弱叟担浆紧，健女能男破岭忙。

血汗十年渠水旺，甘甜百代沛东方。

① 红旗渠：位于河南省安阳市林州市，全长 1500 公里，参与修建人数达 10 万、耗时近 10 年，林县人民在 20 世纪 60 年代极其艰难的条件下修建的引漳入林的水利工程，被称为"人工天河"。

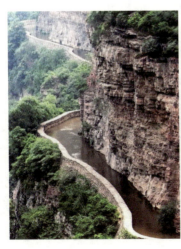

中国文字博物馆①留颂

齐天泰馆②物传神，龙脉雄姿③烁古今。

壶鼎石铛铭记忆，骨铜帛玉震乾坤，

世无比拟形音意④，史亘灵承隶甲金⑤。

寰宇言文千百种，醉唯汉字刻民魂。

① 中国文字博物馆：位于河南省安阳市，是中国首座以文字为主题的博物馆。

②③ 泰馆、雄姿：谓此博物馆雄伟宏大、庄严巍峨，是一组具有现代建筑风格和殷商宫廷风韵的建筑群。

④ 形音意：指汉字主要特征——形、音、意的统一体。

⑤ 隶甲金：指汉字产生、流变最初的三种形式，实序为甲（骨）、金（文）、隶（书），此处因平仄及韵脚所需改为隶甲金。

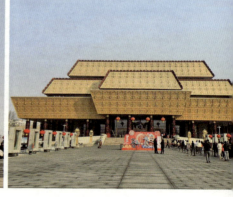

湖北

敬访屈原故里[①]感怀

仲秋寻古越江东，情谒灵均[②]别样浓。

故里凝颜心抚影，岸边拜水魄失容。

昏王赏媚仇卓谏，屈子[③]绝俗殒烈忠。

诗祖《离骚》谁悟醒，空留《天问》撼苍穹。

[①] 屈原故里：位于湖北省秭归县新县城，毗邻三峡大坝，为全国重点
文物保护单位。

[②] 灵均：屈原之字。

[③] 屈子：屈原别名。

凭吊石牌抗战遗址①

石牌九地扼长江，重守咽喉②必灭猖。

敌寇凶残邪犯正，义军勇猛弱歼强。

铮铮血誓③动天日，闪闪钢刀斩虎狼。

跪捧西陵峡水泪，忠魂伴世祭国殇。

① 石牌抗战遗址：位于湖北省宜昌市夷陵区三斗坪镇石牌村。石牌保卫战发生在 1943 年 5 月 21 日至 6 月 3 日，是中国军队与日本军队之间一次著名战役，被称为"东方的斯大林格勒保卫战"。余驱车 600 余公里（多为崎岖盘山路）专往缅祭。耳聆西陵峡涛声，朗诵石牌大捷赋，不禁动容泣下。
② 重守咽喉：石牌战场是战时陪都重庆的门户，亦影响国之存亡。
③ 铮铮血誓：指战地指挥胡琏将军率部所立的舍生取义之悲壮誓言及他义薄云天的五封家书。

屏山大峡谷^①神韵

山高水远^②隐苍穹，壁路逶迤绕鹤峰。

幽壑十层情正醉，雕崖^③万仞险环生。

半泓溪内乾坤大，一线天中风雨浓。

涟静波平谁忍渡，秋枫瀚瀑泻飞红。

① 屏山大峡谷：位于湖北省恩施土家族苗族自治州鹤峰县。

② 山高水远：刻于大峡谷峭壁上的楷字为"山高水长"。此处取仄音字"远"代"长"，以合律规。

③ 雕崖：因峡深莫测，壁峭崖陡，只宜金雕立足而名，其上有世上最险峻之一的鹤峰挂壁公路。

湖南

矮寨大桥^①礼赞

英名盖世类奇观，慰史^②开来险峻巉。

桥隧塔梁无损缝，智仁文旅俱佳篇。

俯掬畅浚三湘水，坦跨通衢四地山。

虽具昵称曰"矮寨"，腾云破雾势接天。

① 矮寨大桥：位于湖南省湘西土家族苗族自治州境内德夯大峡谷之上，跨度达 1176 米，在世界悬索桥中排名第一。

② 慰史：矮寨大桥边的 G319 国道的前身是 1937 年竣工、被誉为"抗战生命线"的湘川公路，此为最险峻的盘山路段。大桥的建成是对史上筑路、护路人，包括牺牲者的最大告慰。

参拜中国人民抗日战争胜利受降纪念馆[①]感怀

神差逆旅铁骑忙，狂宕心潮观受降[②]。

忠勇杀敌决六战[③]，哀军浴血捍三湘。

残暴帝寇魂终灭，悲善兵民气始昂。

但使中华圆月映，和平无畏永荣光。

① 中国人民抗日战争胜利受降纪念馆：位于湖南省怀化市芷江侗族自治县。

② 受降：1945 年 8 月 21 日在湖南芷江七里坪，中国战区陆军总司令部（总司令何应钦上将）部署、接受日本侵略军全面投降。

③ 六战：1938—1945 年在湖南境内中国军队与日军间的六次著名战役，即三次长沙会战和常德会战、长衡会战、湘西会战。

常德会战阵亡将士公墓[①]祭怀

当年倭寇鬼狰狞，三万毒兵[②]屠武陵[③]。

衔命虎贲[④]拼血御，杀敌军将满门忠。

殷殷国士捐躯烈，翠翠柏松掩泪躬。

夙愿英魂何所系，和平永盛映山红。

① 常德会战阵亡将士公墓：位于湖南省常德市。

② 三万毒兵：三万余日军侵犯常德城，且丧心病狂地携带并施放毒气及细菌弹。

③ 武陵：常德市旧称。

④ 虎贲：古谓勇士，此指虎贲之师，即英勇善战的部队。

桃花源^①醉游

三湘览胜步花源，碧水修竹隐雾岚。

自史痴游迷路醒，如今慧觉越峰酣。

半生劳力培桃李，余世净心悟柳潜^②。

从欲古稀诗影驭^③，风云起处醉悠然。

① 桃花源：位于湖南省桃源县西南，是东晋陶渊明所记桃花源的遗址。桃花源始于晋，兴于唐，盛于宋。文人墨客，如陶渊明、孟浩然、王昌龄、王维、李白、杜牧、刘禹锡、韩愈、陆游、苏轼等都留下许多珍贵的墨迹。现为风景名胜区。

② 柳潜：陶渊明别名陶潜，另号五柳先生，是东晋末到宋初杰出的诗人、辞赋家、散文家。他是中国第一位田园诗人，被誉为"隐逸诗人之宗"。

③ 从欲古稀诗影驭：余至古稀，达"从心所欲"（孔子言）之年。所余爱好：写诗、摄影、自驾。

华

南

篇

福建

南靖田螺坑^①土楼夜泊

奇楼仰慕赴螺坑，璀璨夜光托盛名。

空谷卉香萤火闪，幽峰溪暗沼蛙鸣。

舌尖尽享闽农意，云下浓谈客友情。

樽酒玉茗陪月醒，待曦遍访众明星。

① 田螺坑：众多举世闻名的福建土楼中，只有南靖县域内的田螺坑土楼群可供观赏、拍摄夜景并夜泊。

广西

黄姚古镇游吟

佳期贺兴赴黄姚^①，古镇新姿人似潮。

露水石阶安史远，参天树木^②诉文娇。

家祠耀祖亲情近，市井荣商品位高。

鼎沛祥和吉象旺，幽悠神堡更妖娆。

① 黄姚：位于广西壮族自治区贺州市境内，与平遥、周庄、凤凰并称"中国四大古镇"。

② 树木：指黄姚古镇内的龙爪榕树，已有850多年树龄。

瞻仰美国飞虎队桂林纪念馆

青春怒吼灭敌狂，热血泼天忠友邦。

空战秧塘[1]撕匪胆，越航驼线染霞光。

美龄功首[2]倾城美，香梅[3]德先馥魅香。

多难中华不敢忘，义旗飞虎永高扬。

① 秧塘：桂林秧塘曾为飞虎队指挥中心，此处泛指云南、贵州、广西壮族自治区及缅甸、印度尼西亚战场。

② 功首：飞虎队来华，宋美龄当居首功，盖因其力邀陈纳德来华助战。

③ 香梅：陈香梅女士与陈纳德先生于1947年12月21日喜结连理。

观飞虎队遗址
石雕群重新绘彩感怀①

沧桑岁月又严冬，勒忆斑石今彩呈。

爱恨英姿歼恶寇，云天壮举贯长虹。

细描史迹知恩重，厚证族情感义浓。

泪盼春归秦晋好，涅槃飞虎胜重生。

① 余多次漫步美国飞虎队桂林遗址公园，读着"飞虎队及第14航空队在驼峰航线上动用近千架飞机和上万名航空地勤人员，来往运送了70多万吨物资和3万余人员，击落日军敌机2600多架，击沉或重创日军军舰44艘，有力地支持了中国的抗战，为保卫中国南方地区立下了赫赫战功，2264名飞虎队员牺牲了他们的宝贵生命"的文字，又见园内斑驳失色的石雕已无光泽而心头沉重。后惊喜地发现这些顽石在艺术家的描绘下又展现浪漫的鲜活，难掩心潮澎湃，含泪命笔。

龙脊梯田^①恭赞

彩云飘落翠峦巅，导路空蒙日映掩。

隐谷竹楼歌缥缈，绕峰山韵舞翩跹。

砭研天画瑶织绘，巧设龙图壮锦编。

躬问稼农耕圃事，艰辛百代筑梯田。

① 龙脊梯田：地处桂林市龙胜各族自治县境内，距今已有2300多年
历史，为全球重要农业文化遗产和4A级旅游观光景区。

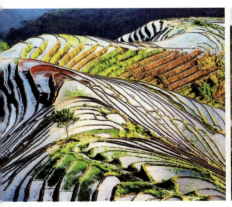

再览龙脊梯田感怀

秋风玉露彩云间，再至神梯龙脊田。

满目山巅金灿灿，环坡稻穗壮弯弯。

兴族旺业农为本，启慧成图民在先。

人与家国均莫外，攀征苦峭获丰天。

桂林慕瞻李宗仁
官邸、旧居留句

德公①戎马护国②昂，誓以土焦敌日③殇。

谋胜身阻老河口，功捷血战台儿庄。

浮萍去蔓荡初地，落叶复根④酬故乡。

盖世枭雄名永在，心丹玉赤⑤桂飘香。

① 德公：李宗仁，字德邻，曾任"中华民国"代总统。

② 戎马护国：李宗仁青年时从军，参加过护国战争、北伐战争。

③ 土焦敌日：为抵御日寇，李宗仁提出"焦土抗战"的战略。

④ 落叶复根：指李宗仁客居海外16年后回归祖国。

⑤ 心丹玉赤：李宗仁的家乡盛产鸡血玉，此借喻李宗仁报效祖国的赤胆忠心。

大圩古镇①掠影

缠绵细雨雾蒙蒙，缓步青街思意浓。

漓水石碑怀勇烈，坊楼庙会忆繁荣。

磋磨岁月伊人老，观顾沧桑晚照红②。

恋古韶华春又逝，轻歌一曲过江东。

① 大圩古镇：位于桂林市灵川县境内，始建于公元200年，是广西古代"四大古圩"之一。

② 晚照红：引自唐代诗人杜甫《秋野》："远岸离沙白，连山晚照红。"

桂林恭城上巳节①赶场

舒筋馈水雨连绵，欣遇壮区三月三②。

赶场③已魔聆幻曲，驾车岂顾浣春衫④。

瑶家柔舞千回魅，桂妹绣球一中癫。

上巳诗囊香四溢，咏归⑤衅浴⑥赏流年。

① 上巳节：俗称三月三，中华民族传统节日。
② 壮区三月三：又称歌圩节、歌婆节或歌仙节。
③ 赶场："三月三"首日，余雨中驾车三百多公里，从桂林市临桂区赶往恭城瑶族自治县、荔浦市观赏壮族和瑶族的节庆。
④ 浣春衫：借自宋代杨万里《三月三日雨作遣闷十绝句》："忍遣晴光作阴雨，更将急溅浣春衫。"
⑤⑥ 咏归、衅浴：均为古时汉族上巳节活动。

桂林上巳节寄情

怎堪荒度好春朝[①]，佳日赶圩心气豪。

增喜祝福尝彩饭，去忧减晦踩高跷。

独竹竞秀水中浪，众舞欢歌云上飘。

不老虚生迷此域，繁花撷翠伴妖娆。

① 怎堪荒度好春朝：反其意借用唐代元稹《酬乐天三月三日见寄》：
"独倚破帘闲怅望，可怜虚度好春朝。"

观赏桂林独秀峰（王城）

佳节上巳重遗风，款款真情怀列宗。

浓彩腴裾唐韵盛，厚宣明府①靖②文兴。

公平贡院③仰科举，正道中山④倡义名。

独赏群欢人竞秀，捷足攀越又一峰。

① 明府：指明朝靖江王朱守谦的府邸。

② 靖：指明朝王城内曾居明朝12代14位靖江王，历时280年。

③ 贡院：清朝将靖江王府改为广西贡院，从这里走出4位状元、585位进士、1685位举人，堪称贡院科考奇迹。

④ 中山：1921年，孙中山集师北伐前曾驻节于此，城内遗有纪念碑。

观临桂①田心村②状元桥③感怀

风光临桂艳容娇，山隐水清云雾缥。

宾主倾情频摄照，鸭牛解意总陪穑。

晴耕雨诵家持久，苦尽甘来路漫迢。

褴褛恒心终可待，人生际会状元桥。

① 临桂：区名，属桂林市，现为市政府所在地。

② 田心村：临桂区下辖自然村，古建依然，文人辈出。自明始300多年间，从这个小山村先后走出了20位举人、11位进士、4个翰林，当地一直流传着"横山府，池头县；田心村，翰林院；一门九进士，父子三翰林"的民间佳话。

③ 状元桥：田心村外的石板桥，是前往桂林府的必经之桥。

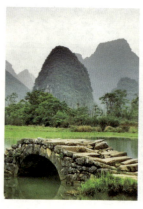

阳朔如意峰①即景

双旬旺雨始开晴，亲友携游如意峰。

攀峭越空依索道，摄奇登顶焕激情。

千峦叠嶂极天翠，百户连宅满目盈。

步下山来心已醉，西街徜晚伴灯红。

① 阳朔如意峰：位于桂林市阳朔县高田镇。

桂林恭城红岩村赏柿咏怀

影画驰情瑶韵①村，红黄果盛醉山林。
家家叟幼旺金晒，户户院庭芳蒂②存。
岂愿时时皆顺意，但求事事半随心。
经霜沐雨诗鸿运，妙曼柿光秋胜春。

① 瑶韵：红岩村属瑶族集居地，被誉为"瑶韵柿乡"。
② 芳蒂：指柿子。借北宋仲殊《西江月·味过华林芳蒂》："味过华林
芳蒂，色兼阳井沈朱。"

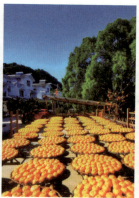

红柿颂

挂上高枝陪月圆，一林丽质缀青山。

乡邻所赖谋福旺，市众常依增蜜甜。

饼晒诗情神似画，果牵苑艺影如胭。

余生尽舍功无量，做伴夕阳红满天。

桂林马家坊十三幺花海即景

身临胜境彩云飘，至此无人独自豪。
满目英华皆粉黛[①]，遍山绮丽尽妖娆。
亦真亦幻实而渺，如醉如痴近却遥。
花海徜徉难忍去，扁舟一叶荡诗潮。

① 粉黛：花海含百日菊、波斯菊等，尤指花海的主打花——粉黛乱子草。

桂林马家坊五彩油菜花田即景

微风畅旅乐春华，卉海撷英寻艳葩。

映日方观俏丽媚，邀蜂尽显碧清遐[①]，

枝呈雅色惊君目，朵绽柔光润客颊。

更伴瑶家多彩妹，蹁跹舞步踏心花。

① 遐：遥远。

车过长岗岭又秦家大院有记

灵川览胜又兴安①，五彩行程秋近阑。
古道隐闻茶马闹，荷塘惊现藕花妍。
耕烟钓雨继农稼，诵史读经承仕贤。
银杏牵情心更醉，金乌已坠始还家。

---

① 灵川览胜又兴安：桂林市灵川县长岗岭村有大量自明代至民国的
建筑群，是全国重点文物保护单位；兴安县，秦家大院所在地，目前
保留明、清两代风格建筑群20多座，集建筑学、美学、雕刻艺术于
一体。

桂林花（三角梅）海^①题照

花海混声华尔兹，身隔峻岭已神驰。

撞钟击磬非君愿，赏卉寻芳故本仪。

骨瘦魂香怀旧友^②，气清韵朗引新诗。

碧空映艳红如火，遍野风流梅万枝。

① 桂林花海：位于桂林市临桂区六塘镇。
② 旧友：指因冬天到来败了的其他花。

桂林东漓古村[①]行记（其一）

游山竞浪赏漓江，惊现流边一古庄。

碧水偕童真畅奋，丹枫伴杏正红黄。

徐行漫享老街静，小憩奢尝鲜酒香。

书院切磋诗两首，拈来雅趣遣时光。

① 东漓古村：位于桂林市灵川县大圩镇朝天河畔。

桂林东漓古村行记（其二）

茶盐古道载艰棘[1]，再现农商天下奇。

续火渔耕传祖技，研读科考获衣屐。

乐习教化励学史，喜赏民俗敦品集。

日月交更情未尽，诗心作画绘东漓。

[1] 艰棘：困难，磨难。借唐代刘知几《史通》："语其艰棘，未有如斯之甚也。"

初冬神韵乐满地^①

兴安秀水色斑斓，时已初冬微觉寒。

银杏撒金千束叶，红枫聚火百枝干。

才彰仙女扬欢笑，又赏伊人拨喜弦。

众友倾情诗影汇，裁云共盏醉蓝天。

① 乐满地：指桂林市乐满地主题乐园，是灵秀的自然山水、时尚、动感、刺激与欢乐并存的主题乐园，位于兴安县灵湖景区。

桂林山水公园[1]观记

静赏佳园诗兴浓，聊择数景赞由衷。

灵山笃意掩禅寺，秀水激情缠劲松。

區继史读科第畅，亭接文脉古今通。

多娇更有邻家女，一展芳华白衬红。

[1] 山水公园：位于桂林市临桂区。

参谒桂林全州湘山寺①

幽深彻雅梵音芳，僧号全州②名桂湘。

兵燹浩劫罹祸难，佛悲广悯佑福康。

摩崖隽语③声犹在，妇幼痴玩舞正忙。

他日觅得灵刹净，晨钟沐手敬心香。

① 湘山寺：位于桂林市全州县城西隅湘山之麓，始建于唐代，素有"楚南第一名刹"之称。
② 僧号全州：湘山寺创建者全真和尚世寿130多岁，受到5位皇帝敕封，全州县名因他而设。
③ 摩崖隽语：湘山寺景区内存有历代摩崖石刻、芳兰石碑等数十块，尤以清代石涛和尚的石刻兰花、康熙御笔亲题"寿世慈阴"等闻名于世。

游桂林逍遥湖①所悟

南国骤冷朔风潇，草木荣休形槁凋。

仰叹豪堂宦禄戏，低亲净土耦犁茅。

功名②伴古云中逝，卉叶别秋水上漂。

彻省红尘身外物，清欢淡简最逍遥。

① 逍遥湖：位于桂林市灵川县大圩镇上茯荔村。

② 功名：景区古建凡"及第楼""三元阁""逍遥楼"所隐，不过此二字。

登老寨山①迎新年感怀

漓江瞰视第一湾，必选攀爬老寨山。

峻峭铭留丰岁影，崎岖展顾锦春巅。

驱车地阔成追忆，执手天荒莫等闲。

世事维艰须望远，诗情放胆赋新年。

① 老寨山：位于桂林市阳朔县兴坪古镇兴坪码头旁，登山小路陡峭凶险，但只有登顶才能摄取漓江第一湾及兴坪古镇全景。

立春日文化訾洲[①]寻迹

杪年蔽日朔风寒，烟雨訾洲今碧天。

览翠篁樟千载树[②]，传幽诗记万民瞻。

芳亭[③]玉立昭文史，镌刻鲜铭映代贤[④]。

喜见虎龙祛疫世，祈福古韵焕人间。

① 訾洲：桂林市訾洲岛，始建于唐朝元和十二年（817），是桂林市有史可考最早的园林遗址。

② 篁樟千载树：訾洲园林内竹林茂盛，并生有千年古樟，终年翠绿。

③ 芳亭：景区内有多座碑亭记载訾洲史话。其中"碑亭流芳"景由一座仿古风格的亭子流芳亭和柳宗元石塑组成。

④ 映代贤：园林内以碑刻、石雕映述历代文人对訾洲文化的贡献。如裴行立、柳宗元（唐）、范成大、蓟北处士（宋）、刘志行、吕思诚（元）、孔镛（明）、张宝（清）等，其中以"唐宋八大家"之一的柳宗元在訾洲岛写下的名篇《訾家洲亭记》最为有名。园林内还存有当年在桂林颇有影响的近代思想家、教育家梁漱溟以及"岁寒三友"田汉、欧阳予倩、徐悲鸿的雕像。

桂林玻璃田①寄情

梦幻佳期云水间，波峰阡陌绕山巅。

鳅肥鸭壮蛙声和，草嫩鹅黄燕语喧。

肆意描摹泼画板，痴情格律照心田。

寻诗忍负春光俏？翠色乘风来会仙②。

① 玻璃田：位于桂林市临桂区会仙镇沐宦头村，四面环山，阡陌纵横，稻田如镜，倒映着天光、山色、树影，为欣赏山水田园风光之妙地。

② 会仙：镇名，属桂林市临桂区玻璃田所在地；此又意诗友相聚。

海南

东坡书院[1]拜思

悠幽朝野耻奇多，旷古英才屡贬谪。

功业三州[2]标万史，学识六艺[3]富八车。

笠屐稼圃身虽困，释道禅修魂总峨。

名利沉浮云眼过，做人立世拜东坡。

[1] 东坡书院：位于海南省儋州市中和镇，始建于北宋绍圣五年（1098），为国家 4A 级文化景区。

[2] 三州：指苏轼自述中"问汝平生功业，黄州惠州儋州"。

[3] 六艺：此处指诗文、书画、饮食、医药、禅学、教育。

香港

访问香港中文大学留笔

朝迎紫槿彩金光，教展交流①聚岛江。

传统结合基现代，本国融汇纳西方②。

每从彻夜书香绕，不可虚生浪气荒。

天地之作风正旺，明珠吐蕊耀福祥。

① 教展交流：指由黑龙江省教育厅组织的"俄港黑国际高等教育展"在香港中文大学举办。

② 纳西方：指香港中文大学校训——结合传统与现代，融会中国与西方。

西 南 篇

云南

云南孟连①观光有寄

车寻古韵至边城，惊现哀牢②趋网红。

傣汉共辉双圣顶③，藩央同筑手足情。

虔心净念览佛寺④，挚礼轻风拂教经。

醉入人间烟火处，青春不老寄飞鸿。

① 孟连：指孟连傣族拉祜族佤族自治县，位于云南省西南部，是普洱市下辖的自治县。

② 哀牢：古时孟连的称谓。

③ 双圣顶：指孟连重要古代建筑群孟连宣抚司署（亦称金殿）及孟连金塔。

④ 佛寺：孟连各族人民多为佛教信徒，因此古佛名寺众多，以上城佛寺、中城佛寺和下城佛寺（总佛寺）闻名于世并享誉东南亚地区。

参观中国科学院西双版纳热带植物园①留句

驱车畅旅遍滇南，打卡首择植物园。

热带雨林极目翠，异葩生态尽情酣。

十年树木育材易，百载栋梁成业难。

有敬先知开拓史，恒留炽爱在人间。

---

① 中国科学院西双版纳热带植物园：位于云南省西双版纳傣族自治州勐腊县勐仑镇，是集科学研究、物种保存与科普教育为一体的综合性研究机构和风景名胜区。

游览西双版纳曼听公园①

楼台寺宇俱殷阗②，门外尘俗车马喧。

宗教禅茶香火旺，世遗民物谷风全。

承传王室嫡文史，弘化中华本善缘。

欲晓春欢③千古事，众卿必访梦之园。

① 曼听公园：西双版纳最古老的公园，已有1300多年的历史。以前是傣王御花园，公园内集中体现了傣王室文化、佛教文化、傣民俗文化三大主题特色。
② 殷阗：繁盛。
③ 春欢：曼听公园的别名。

可邑小镇①风情

弥勒红土盛风姿，阿细彝族一派支。

壁画②承传乡技艺，旅游振兴事耘耔。

喧城闹鼓响天下，跳月③倾情柔暮时。

怎奈秋金燃雅趣，神来信笔速成诗。

① 可邑小镇：位于弥勒市。"可邑"意为阿细语"吉祥之地"。

② 壁画：指可邑小镇民舍墙上的民俗风情画。

③ 跳月：指舞蹈"阿细跳月"，发源于可邑村，是国家级非遗项目。
歌舞热烈欢快，粗犷豪放，独具魅力。

东风韵小镇①

滇中魔幻万花筒②，打卡秋来老网红。

半朵云③开迎贵客，满心诗贺免瑶觥④。

微醺倚梦思如海，咋醒超萌爱似星。

名镇何须飘乐韵，游郎自醉舞东风。

① 东风韵小镇：位于弥勒市。

② 万花筒：小镇的主艺术馆，状似多种酒瓶，红砖砌筑，魔幻抽象艺术佳作。

③ 半朵云：小镇艺术家会客厅的名称。

④ 瑶觥：玉杯。此引近代诗人陈去病《丁未八月海上藏书楼夜坐杂感》："转瞬宵来月更明，芳时何处酌瑶觥。"

屏边五家寨铁路人字桥[①]

奇观滇铁路遥迢，险峭危攀人字桥。

承运百年如地固，寄思千载比天高。

赢国旧体势贫弱，苦雨凄风泪晦潇[②]。

但使先民魂慰处，雄鹰振翅正翔翱。

① 人字桥：滇越铁路重要桥梁，位于五家寨四岔河大峡谷。英《泰晤士报》载其为"二十世纪初与苏伊士运河、巴拿马运河并称'人类三大工程奇迹'"。
② 泪晦潇：为建人字桥，牺牲多省民工800多人。

碧色寨①秀色

追寻米轨②伴朝阳，悠载斑驳寄远方。

联大③精英曾焕彩，芳华④世代更芬芳。

既思滇线正丰韵，何虑云红不聚香。

旅旺秋高情可待，小村碧色再荣光。

① 碧色寨：位于蒙自市城区。

② 米轨：指轨距为一米的铁路，滇越铁路是米轨铁路。

③ 联大：指西南联合大学。

④ 芳华：指电影《芳华》，碧色站为该影片的取景地之一。

敬仰西南联大
蒙自分校①及一代大师

寻根文脉总牵魂，高教精华抵万军。

战乱岂息学子梦，狼烟难泯众生心。

尽存风骨铸真理，遍洒亲情育后人。

绝代先师星夜灿，惜无联大火传薪。

① 西南联大蒙自分校：抗战时期，北大、清华、南开被迫南迁昆明，
组成国立西南联合大学，并在蒙自市设立分校。

元阳梯田^①盛景

田神雕塑艺流芳，举世折服^②七色塘。

谐应季时滋地利，顺和鸭稻享鱼粮。

斑纹迷耙耕农苦，华锦花织绣女忙。

约盏层梯云上梦，人间幻彩醉元阳。

① 元阳梯田：位于红河州元阳县哀牢山南部，是红河哈尼梯田的核心
区。其规模宏大，气势磅礴，是农耕文明的奇观。
② 举世折服：2013 年哈尼梯田被列入《世界遗产名录》。

搭风雨专列、访建水古城①

百年米轨亘时空，雅范常留缀古城。

孤秀残荷弥壮藕，斑驳岁月载丰程。

每闻家训乡族本，今拜杏坛师圣宗。

最撼心灵大化旅，亦诗亦友总关情。

① 建水古城：位于昆明市南 220 公里，国家历史文化名城，始建于唐朝元和年间，保存有 50 多座古建筑，被誉为"古建筑博物馆"和"民居博物馆"。

参拜云南腾冲松山
战役旧址并祭缅远征军将士

心诚似觉炮声隆，千里①疾驰祭远征②。

殊死杀贼拼百日③，救国灭寇建奇功。

怒江泪洗英雄冢，龙岭松托壮士灵。

未尽倭敌如有犯，惊天泣鬼请长缨。

① 千里：指西双版纳离腾冲市松山1100多公里。
② 远征：指中国远征军。
③ 拼百日：松山会战持续95天，共10次大战，极为惨烈。

拜谒腾冲国殇墓园①感怀

滇西抗战震东方，喋血腾冲军号扬。

聚斩顽敌颓胆破，远征邦缅进师昂。

巨石青匾凝悲怆，微草苍松含辱殃。

何以馈偿忠烈愿，族强民富祭国殇。

① 腾冲国殇墓园：位于云南省保山市腾冲市西南，为纪念抗战时收复腾冲的中国远征军二十集团军阵亡将士而修建，1945 年 7 月 7 日落成。

腾冲和顺古镇^①即景二首（其一）

桂冠古镇^②不虚名，旷世天姿贵客盈。

杨柳岸边留燕影，藕塘深处谢蛙声。

晨来袅袅轻烟起，暮去徐徐薄雾升。

香盏禅茶舒卷坐，吟风诵月更关情。

① 和顺古镇：位于云南省腾冲市城区西南4公里，是集中原文化、西
洋文化、南诏文化、边地文化于一体的生态文化村落。
② 桂冠古镇：2005年和顺古镇荣获"中国第一魅力名镇"的称号。

腾冲和顺古镇即景二首（其二）

"士和民顺"①雅其名，合璧中西②集大成。

楼榭枌风知本色，气节抗战立国功③。

马帮丝路铃音脆，商贾侨乡彩韵呈。

明理博书挥翰史④，崇文尚教⑤最殊荣。

① 士和民顺：和顺古镇的名字源于此。

② 合璧中西：指600年来，古镇建筑兼具中式、欧式、南亚等建筑风格和元素。

③ 立国功：古镇人为抗战贡献巨大，镇内有滇缅抗战博物馆。

④ 挥翰史：明清两代和顺古镇出了400多名举人、秀才。

⑤ 崇文尚教：古镇上有一座全国最大最全最早的乡村图书馆，建于1928年，史料、藏书颇丰。

腾冲银杏村礼赞

腾冲文旅媲辉煌，谁敢错失银杏乡。

巨伞婷婷如圣盖，皮雕①栩栩映施嫱②。

争逐炫影木王色，细品浓烧丰谷香。

祖母亲编岚彩梦，凡花世界最芬芳。

① 皮雕：指皮影戏。银杏村所处的固东镇不仅以古银杏闻名，还是"云南省皮影戏之乡"。
② 施嫱：古代美女西施、毛嫱的并称。

大理古城^①掠影

叶榆^②韵史细绵长，代续风姿悠四方。

斑府街石澄妩媚，雄颜楼宇话沧桑。

无须天上琼瑶碧，只赞人间市井忙。

一抹古城青黛色，贵客广厦映华光。

① 大理古城：位于云南省大理白族自治州。
② 叶榆：大理古城别名。

大理寂照庵^①题照

心诚访寺敬奇观，空取分文香火钱。

缀种鲜花培净土，耕读法圣续清缘。

少烟缭绕梵音妙，丰卉雅幽神韵禅。

伴飧虔食一味素，礼佛别样美尼庵。

① 寂照庵：位于大理白族自治州感通山圣应峰南麓，寂照庵名出自"感而遂通，寂静照鉴"。寺院始建于明初，为佛家净地。因其特色是"只种花，不烧香"，寺院里遍植多肉及各种鲜花并缀以佛言偈语，被誉为"中国最美的尼姑庵"和"中国最文艺的寺庙"。

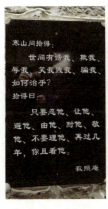

饱览大理双廊^①古韵

诗心入境览双廊，水碧风轻云影光。
飞燕^②魁星^③承古韵，笑天弥勒^④掩新篁。
夜投雅宿庭堂静，昼闭虚门乳扇香。
叹景唯应天上现，伴茶一味醉夕阳。

① 双廊：大理白族自治州古镇之一，是佛、道、儒、原始宗教等多元
文化共融的地方。
② 飞燕：指大理飞燕寺。
③ 魁星：中国古代星宿名称，亦是主管文运、文章之神，此指古镇内
的魁星阁。
④ 笑天弥勒：双廊古镇十八胜景之一为弥勒笑天。

大理沙溪古镇①留句

君行此域必称奇，茶马隐鸣催奋蹄。

兴教寺彰书韵朗，魁星楼示礼文怡。

时追雅素慢节律，风畅雍华快乐祺。

燕雀迁徙归故境，旅人异地恋沙溪。

① 沙溪古镇：位于大理白族自治州剑川县境内。其历史可追溯至2400多年前的春秋战国时期。至今尚存的寺登街，是茶马古道上唯一幸存的古集市，也是茶马古道的"活化石"。

大理喜洲①古镇醉景

苍山览胜赞白族，世续耕读不墨书。
耳畔钟声传近远，思随麦浪起升伏。
湮扎染就风云梦，巧刺绣得岁月图。
浸赏德馨文厚史，晨诗暮雨醉心酥。

① 喜洲：位于大理白族自治州古城以北18公里处，东临洱海，西枕苍山，是重要的白族聚居的城镇。

云南景迈山^①怡景

轻风漫过彩云南，秘境遐踪景迈山。

古树千年彰古寨，茶香百味浸茶园。

且将奔放调音静，适可庸忙平绪闲。

最喜村姑倏尔笑，纯诚朴趣蜜心甜。

① 景迈山：位于云南省普洱市澜沧拉祜族自治县，山中有八个传统古村落。各寨中分别有傣、哈尼、佤、拉祜、布朗等多民族世居。

大理巍山古城①礼赞

南国故郡诏②之源，灌耳寻名专访贤。

文献丰盈辉北斗，馆楼博览誉前滇。

听泉③滴露图书润，喜舍④摇烛琴韵甜。

过拜幽城诗古月，方知欠慧越关山。

① 巍山古城：位于云南省大理白族自治州巍山彝族回族自治县，是中国文化历史名城，也是古南诏国的发祥地。

② 南诏：古代国名，是 8 世纪崛起于云贵高原的王国。

③④ 听泉、喜舍：均为古城内客栈雅名。

最美滇藏214线驰景

顺逾扬子第一湾，虎跳奇峡涌壮观。

中旬①锅庄绚丽色，德钦②史迹展涓编。

有源活水沙澜怒③，无尽丰疆川藏滇。

梅里④圣洁真面目，飞来寺⑤日照金山。

① 中旬：香格里拉原名。

② 德钦：云南省迪庆藏族自治州下辖县之一，位于云南省西北部，与西藏、四川接壤，素称"歌舞之乡"。

③ 沙澜怒：谓金沙江、澜沧江、怒江。

④ 梅里：梅里雪山，主峰卡瓦格博，汉译为太子雪山，海拔6740米，为云南省第一高峰。

⑤ 飞来寺：位于距德钦县城8公里处的滇藏公路沿线。寺前是拍摄梅里雪山"日照金山"奇景的最佳机位。

国道滇藏线 G214
转川藏线 G318 掠影

德钦夜道闯芒康，雨雾陪行别怒江。

晨起再征天险路①，日息重赏②岭回光。

飞峦驭壑盘山过，弄雪抚云亲水忙。

万苦千辛何所欲，诗心醉影驾夕阳。

① 天险路：214 国道德钦县至芒康县段（260 公里）路窄、弯急、坡陡，加之雨滑、雾浓、夜行，此谓初险。国道 318 线芒康至八宿段（358 公里）不仅有山路崎岖的觉巴山垭口，还有海拔 5130 米的东达山垭口。最后，还要驾跃天路 72 拐，从海拔 4658 米的业拉山顶到 2800 多米的嘎玛沟，30 多公里落差达 1800 多米，因其坡陡、弯多、凶险而得名"魔鬼路段"，此为更险，总谓之天险路。

② 重赏：余 2017 年 9 月曾首次自驾国道 318 线，亲历、饱览了此路段的无限风光。

贵州

赏兴义万峰湖吉隆堡美景

碧穹浴雾现云蒸，马岭[①]无垠呈翠青。

童话成真光绚幻，繁花似锦水清滢。

天鹅诧落异城堡[②]，陆客惊观仿瀑声[③]。

卿旅遍黔终释问，万林之最乃湖峰[④]。

① 马岭：马岭河峡谷，地处兴义市内，万峰湖吉隆堡坐落其中。

② 天鹅诧落异城堡：此处指德国新天鹅城堡，吉隆堡有"中国版天鹅堡"之称。

③ 仿瀑声：人工瀑布。

④ 湖峰：指万峰湖、万峰林。

兴义市万峰林^①即景

黔南自驾探八夐^②，霞客题评^③独会神。

洞壑湖泉奇地貌，忠实义勇灿人文。

慢辞溪水流情月，激赏霓裳浸腊氲。

魂旅朴奢何所系，新风古韵万峰林。

① 兴义市万峰林：位于贵州省兴义市东南部，是国内最大最典型的喀斯特峰林。

② 八夐：远方，指万峰林景区地接黔、滇、桂交界处的三江口。

③ 霞客题评：当年旅行家徐霞客行至此感叹："天下山峰何其多，唯有此处峰成林。"

车行"抗战生命线"

——二十四道拐[①]有寄

缅游历乱记烽烟，炮火依稀轰眼前。

廿四拐峰生命线，史迪威路物流关。

远征童少民族泪，近感盟军道义篇。

美中若再开冷战，忠魂地下情何堪？

[①] 二十四道拐：抗战公路，位于贵州省晴隆县城西南，是著名的"史迪威公路"的标志路段，山势陡峭、弯急坡陡。

参观美军加油站^①感怀

峰高路险静深秋，肃耳犹听兵马道。

盟友援华情切切，国民抗日恨悠悠。

亟需动力来他域，更保能源隐便瞅。

热盼美中秦晋好，和平顺旅再加油。

① 美军加油站：抗战期间美军所建，位于贵州省史迪威公路沙子岭段三公里处，时车辆往来滇黔公路运送抗战物资，加油站为车辆储备、供给油料军需。

徜黔南大洞竹海①咏叹调

篁波万顷漫青山，造化生机无巨纤。

堂椅寝席烟火气，绣衫靴袜酒茶仙。

且舒优渥性格雅，更喜挺直风骨坚。

弱水扶枝情万种，竟出秀色奉人间。

① 大洞竹海：位于贵州省盘州市，竹林深幽、四季常青，有古法造纸
遗址、竹海、狗跳岩、竹海寺等景点。

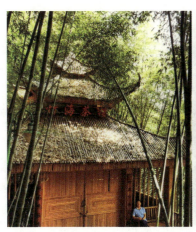 

贵州最美打卡地^①即景

黔南流沛水泱泱，弘祖^②踏足誉焕彰。

嶙峋岩石连岭秀，奇绝园景满庭芳。

迭声动魄涛激烈，气势夺魂珠溅狂。

壮美天成何列首？黄果树域最风光。

① 贵州最美打卡地：指黄果树瀑布，位于贵州省安顺市镇宁布依族苗族自治县，亦是世界著名大瀑布之一。

② 弘祖：明代旅行家徐霞客之名，曾对黄果树大瀑布高度赞誉。景区内建有"霞客亭"。

加榜梯田①巡礼

铁骑赶夜绕梯田，细雨呢喃山路弯。

吊脚楼②边情雾起，加车河③畔稻鱼鲜。

八行诗就神工曲，五线裁成鬼斧篇。

世慧农耕翻画板，乡愁惊艳醉云天。

① 加榜梯田：中国最美三大梯田之一（另外两大梯田为广西龙脊梯田和云南哈尼梯田），位于贵州省黔东南苗族侗族自治州从江县西部加榜乡。
② 吊脚楼：指万顷梯田间散落的苗族木制祖屋。
③ 加车河：流经并灌溉加榜梯田的源泉主水。

独山深河桥抗战遗址①缅思

黔南自驾至独山，首选拜参抗战园。

拭泪卒读别母信，撼心频视破敌幡。

双桥①血映灭倭迹，两地魂牵兴业篇。

铭史方知忧患乐，涌流世界可安澜？

① 深河桥抗战遗址：位于贵州省黔南布依族苗族自治州独山县城北 9 公里处。

② 双桥："北有卢沟桥，南有深河桥"，前为日寇全面侵华开始地，后为抗日战争结束地。

翻天印①传说寻幽

黔南探古近枫红，神话激增快乐行。

逆子泼猴作圣殿，老儿玉帝气龙庭。

拍桌震印天声落，降世欣欢涧岭嶒。

谷壑峻奇安甲定，民兴旅盛业葱茏。

① 翻天印：位于贵州省独山县甲定水族乡甲定村东狭窄险峻的山梁上，岩石高约3米，上宽下窄，顶部为2米见方的平台，似印玺倒置，故名翻天印。

过乌江源百里画廊^①
暨鸭池河大桥^②即景

秋深怡爽又重阳，百里奔驰赏画廊。

涉险临安爬峭壁，登高走野摄桥梁。

天蓝水阔目极远，衢畅神清心忌徨。

澹荡平生晴雨过，流年继路傲沧桑。

① 乌江源百里画廊：位于贵州省黔西县南部，是千里乌江上最美的崖壁画廊和湖区。

② 鸭池河大桥：位于贵州省毕节市东风电站水库库区内。

贵州石门坎^①忆思

乌蒙圣境远贫偏，景仰天神寻外贤^②。

有意重情承续旺^③，无疆奉爱痛失传。

贫穷转富可凭助，愚昧颓残岂靠援。

断壁难言衰盛史^④，何曾往事不如烟。

① 石门坎：位于贵州省毕节市威宁彝族回族苗族自治县，接近川滇最
边缘的西北角，曾是中国最穷、交通最为闭塞的地方之一。

② 景仰天神寻外贤：此处"天神""外贤"均指 1905—1915 年在贵州
石门坎生活和工作的英国传教士伯格理。

③ 承绪旺：承续伯格理的事业，先后有英国传教士高志华，自治州优
秀人才代表朱焕章，澳大利亚基督徒费立波，以及来自东北沈阳的优
秀教育志愿者卞淑美。

④ 衰盛史：石门坎独特的教育文化现象曾几经兴衰，令人唏嘘。

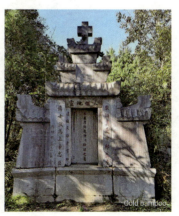

毕节百里杜鹃^①赏怀

万树芬芳开百川，谁家卉绽敢连山。

翠鲜可望放飞易，娇艳欲滴接落难。

表化朴茁馨内圣，天生丽雅俏中仙。

子规啼血英雄色，壮毅诗心歌杜鹃。

① 百里杜鹃：即百里杜鹃风景名胜区，位于贵州省毕节市普底彝族苗
族白族乡，以原生态天然的杜鹃花海而得名。

北盘江大桥^①礼赞

临渊万仞跨仙桥，巨塔穿岚擎碧霄。

霞蔚霓虹弦缈绕，途通云贵路轻飘。

担山纳岭物流畅，汇智扬名科技豪^②。

圣境天宫羞媲美，民欢旅旺霁妖娆。

① 北盘江大桥：指北盘江第一桥，原称尼珠河大桥，是连接云南省
普立乡与贵州省都格镇的特大桥，横跨两省，是杭瑞高速公路的组成
部分。
② 科技豪：北盘江大桥堪称国际桥梁史上的奇迹，曾荣获第35届国
际桥梁大会古斯塔夫斯金奖。

肇兴侗寨①游寄

感恩华夏众族稠，虔访东黔敬鼓楼。

荡气侗歌人欲醉，清心蓝草布②含羞。

花桥③枕浪赏情韵，云阁鸣金④思古秋。

天地有缘今世在，何妨庚子画中游。

① 肇兴侗寨：位于贵州省黎平县，乃全国最大的侗族村寨。
② 蓝草布：指草染靛蓝，侗族传统印染技艺。
③ 花桥：侗寨中最具民族特色的建筑之一。
④ 云阁鸣金：云阁指文化厚重、建造精美的侗寨独特符号——鼓楼，
传说鼓楼是诸葛亮南征时为指挥（以铜鼓为令）战事命士兵所建。

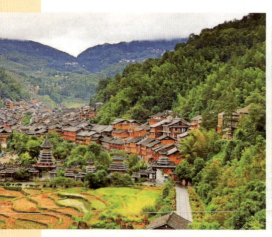

登贵州梵净山^①有悟

入黔畅旅第一攀，掠美终达千壑端。

雄顶永恒峰谷势，彤云瞬变是非颠。

君游此岭各怀志，卿拜诸神独诉缘。

唯有心空参定慧，梵音百妙净人间。

① 梵净山：武陵山脉主峰，位于贵州省铜仁市，是西南地区一座具有 2000 多年历史的文化名山，被誉为贵州第一山。梵净山不仅自然风光雄险壮美，更以佛教鼎盛、香火续旺著名，被誉为"立天地而不毁，冠古今而独隆"的"天下众名岳之宗"。

四川

瞻拜成都杜甫草堂[1]记怀

竹修径绕卉芬芳，景仰萦思工部[2]坊。

天地侧身怀广厦，死生独笠陋狭堂。

每因民苦心怀悯，常感世坷神愤沧。

走笔乾坤风雨过，真情诗圣永辉光。

[1] 杜甫草堂：中国唐代大诗人杜甫流寓成都时的故居，位于四川省成都市青羊区。

[2] 工部：中国古代中央行政机构"六部"之一。杜甫曾担任工部校检郎，因此后人称其为"杜工部"。

参观四川广汉三星堆博物馆

川行萃旅伴重阳，众目集焦坑祀藏^①。

石刻玉削皆上品，铜雕金塑俱佳祥。

叹窥器物富丰彩，惊见人文璀璨光。

史脉清流源世界，三星永耀蜀魂芒。

① 坑祀藏：指正在发掘的三星堆多处祭祀坑中出土的丰富藏品。截至 2021 年 9 月，已出土的以青铜神树群、青铜眼形器、玉品、金杖、金面罩、象牙等佐证了古蜀国久远、辉煌的历史。

登青城山①示念

登高怎顾汗蒸衫，探古寻幽云彩间。

林岭秀奇薄雾绕，观宫②雄壮厚经仙。

无为而治法天性，有幸可图尊自然。

愚叟蒙学来问道，童心览胜上青山。

①青城山：著名风景区，位于四川省都江堰市青城山镇，为世界文化遗产。
②观宫：青城山作为中国道教发源地之一，被誉为"道国仙都"。

都江堰^①怀古

入蜀岷江急浪迎，何妨父子^②缚蛟腾。

神工智垒飞沙^③堰，匠斧疏开陈宝瓶^④。

族庆风调桑野沃，民欢雨顺稻禾丰。

金秋天府^⑤芬芳沛，拜水思源怀李冰。

① 都江堰：位于四川省成都平原。

② 父子：指主持兴建都江堰水利工程的战国时期蜀郡太守李冰及
其子。

③④ 飞沙、宝瓶：均为当时都江堰水利枢纽设施名称。

⑤ 天府：指四川，尤指成都平原。《华阳国志·蜀志》记载，李冰修
都江堰后，成都平原"沃野千里，水旱从人，不知饥馑，时无荒年，
天下谓之天府也"。

阆中古城^①即景

雨细情深迷古城，时空入梦枕嘉陵。

近观风水楼台碧，远顾巴文蜀史兴。

贡院勤耕足抵耀，桓祠^②义勇最达诚。

兼容萃取百家蜜^③，醇酿酌诗醉阆风。

① 阆中古城：位于四川省南充市阆中市，是古代巴国蜀国军事重镇，有中国春节文化之乡的美誉。

② 桓祠：指建于阆中古城内的汉桓侯祠，是纪念三国时蜀汉名将张飞的祠庙。

③ 百家蜜：指古城内源远流长的宗教文化，包括道教、佛教、伊斯兰教、基督教、天主教。

阆中古城敬谒翼德①墓

桃园过拜义名蜚，叱咤三国忠勇魁。

志在蜀平匡汉业，功圆阆惠树诚碑。

一声怒喝当阳②断，两袖清风民众威。

巴水长流群姓忆，豪杰盖世缅张飞。

① 翼德：三国时期五虎上将之一张飞，字翼德。
② 当阳：指长坂坡下当阳桥。

参观阆中古城
"川北道署"有记

赏观阆苑锦花开，必览府衙知道台①。

常以威德身命立，更严酷律是非裁。

时谐丰岁多河晏②，域泰安民少政霾。

法治澄明贪腐惧，今人何不访学来？

① 道台：清朝时省与府之间的地方长官。此指阆中古城内"川北道署"及其吏制。

② 河晏：借仿古语"海晏河清"。

卧龙大熊猫自然保护区

倏忽憾止蜀西行，策驾归程访卧龙①。
顿首港民情义重②，凝眸国宝醉憨萌。
耍顽千转何堪累，昏睡百年独不醒。
老迈多耽童稚气，天人谐趣共葱茏。

① 卧龙：指卧龙大熊猫自然保护区。
② 港民情义重：2008年"5·12"汶川大地震时，距震中不到20公里的卧龙自然保护区遭受前所未有的损失。港府民众主动承担了保护区23个援建项目，共援助资金14.22亿元。

毕棚沟

早仰川西芳暮秋，轻车首选毕棚沟。
鋈灵水特纱轻缦，天碧叶红鸟婉柔。
远眺雪峰奇峻秀，近亲草木俏娇柔。
诗来神往已心醉，大化众生迷旅俦。

奶子沟^①彩林

疾车信步赏斑斓，弄月吟风山水间。

刚谢寨村约继往，又逢文旅会空前。

悠歌回汉云传籁，劲舞藏羌地动欢。

意境禅诗今再悟，高阶艺术醉天然。

① 奶子沟："奶子沟"在藏语中是美丽富饶、幸福安宁之意。

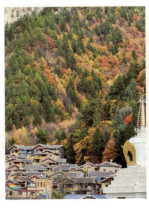

达古冰川①

镇西黑水②魅冰川，雄秀峻奇逾亿年。

浓彩暖秋丰谷底，蔚蓝寒季过霓端。

流连赏画车足易，攀越登峰索道难。

未泯童心何惧老，采云一朵作诗笺。

① 达古冰川：指达古冰山风景旅游区，集冰川、雪山、彩林、藏寨、湖泊等瑰丽景观于一体。

② 黑水：指黑水县，属四川阿坝藏族羌族自治州。达古冰川位于黑水县城西。

羊茸哈德①

遐行信旅入桃源，小寨如约云水间。

居处众山观影色，食尝多味品香鲜。

轻歌日月有情诉，炫舞锅庄②无夜眠。

半盏青稞身世外，亦诗亦梦亦神仙。

① 羊茸哈德：藏寨名，位于黑水县境内。羊茸哈德在藏语中意为"神仙居住的地方"。
② 锅庄：藏民喜爱的圆圈歌舞，是藏族三大民族舞蹈之一。阿坝藏族羌族自治州是锅庄舞重要分布地。

吉祥营地

深秋旺旅沛时光，漫步奇山风惠芳。

圣水江流殷浩远，玛尼石彩耀苍茫。

承盈地气神常爽，沐焕身心志又扬。

偶遇新人婚庆喜，扎西德勒贺吉祥。

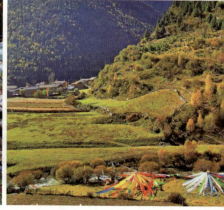

嘉绒土司官寨（藏）、桃坪羌寨

川西古寨雾氤氲，掩色羞花秋胜春。

经转百回佛必诵，碉攀千载禹堪尊。

驻足每每起虔意，循史常常怀敬心。

水沛山崇七彩路，藏羌阿坝①举家亲。

① 藏羌阿坝：指阿坝藏族羌族自治州，与甘孜藏族自治州构成了川西的大部。

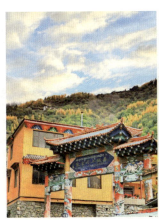
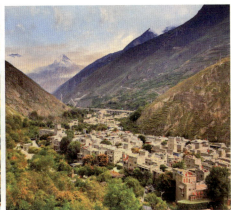

松坪沟^①

亭然玉立贵家姝，喜浣轻纱临净湖^②。

天上云光争与聚，世间色彩竞相逐。

情人悦景甘迷路，旅者松缰愿弃途。

雄秀幽奇均入句，诗囊未探已心酥。

① 松坪沟：位于四川省茂县境内。
② 净湖：松坪沟有群山、森林、奇石，但更以水泊（长海、墨海、珍珠滩、五彩池）为盛。

中国古羌城^①

夙宵漫步古羌城，拜仰高山旷世雄。

治水兴邦^②弘伟业，拓疆开土^③建奇功。

竹笛婉奏岷江浪，绣线直连九鼎^④情。

赓续碉台花盛茂，名扬西域尽群英。

① 中国古羌城：位于四川省阿坝藏族羌族自治州茂县凤仪镇。
② 治水安邦：指羌族历史上的一代羌王羌圣——大禹的事迹。
③ 拓疆开土：指历史上又一羌王——元昊的事迹。
④ 九鼎：山名，古羌城建于九鼎山麓。

肖包寺院①

澄诚谒寺步云巅，古刹空灵心镜圆。

劫难方知真净土，超凡可见最蓝天。

多洁多圣多祛疫，不世不俗不为钱②。

默祷肖包佛法盛，梵音缭绕善人间。

① 肖包寺院：位于阿坝藏族羌族自治州松潘县肖包村，始建于明朝天顺三年（1459），是藏传佛教格鲁派寺院。

② 不为钱：和一些敛财逐利的寺庙形成鲜明对比，肖包寺的僧人属藏传佛教格鲁派。藏语格鲁意即善律，该派强调严守戒律，不求钱财，僧人戴黄色僧帽，汉语中也称其为黄教。

松潘牟尼沟

秋浓色重彩斑斓，旅至牟尼①惊喜连。

瀑似哈达邀贵客，林如冠盖掩神禅。

迷痴奇幻水中影，静赏幽深苔下泉。

君或饱观天上景，可知此境在人间？

① 牟尼：指牟尼沟，位于四川省阿坝藏族羌族自治州松潘县境内。

仰色达①

圣旅高洁伴教花，峰回壑迤沐朝霞。

心经传世绛红处，释悟涤尘碧绿家。

肉体隐归得鹫葬，魂灵显化度凡华。

禅修特立宗林远，梵敬合十恭色达。

① 色达：指色达寺及色达五明佛学院，位于四川省甘孜藏族自治州色达县境内，学院学员众多，数千个红色木屋建筑独特，尽显庄严肃穆，加上壮观的经幡、浓彩的壁画，不愧为充满魅力和神圣的佛教文化圣地。

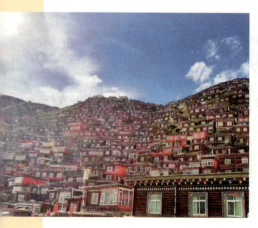

香格里拉之魂①

接踵花朝旅竟行，惊鸿大美摄岩羊。

三峰三水②雄依秀，四季四方柔恋刚。

静净敬心行者梦，原缘圆境佛家乡。

远离尘世修洁土，劳问骨筋神魄康。

① 香格里拉之魂：是对登临"蓝色星球上最后一片净土"的稻城亚丁景区海拔 4668 米的央迈勇峰的强烈感受。
② 三峰三水：三峰指仙乃日、央迈勇、夏诺多吉三座神峰；三水指牛奶海、五色海、珍珠海三个湖泊。

自驾乐

功名利禄馈昨天，快事余生亲自然。

情伴良驹繁卉绽，魂牵佳境醉乡甜。

悠峡奇涧越足底，雄岳苍峰掠霭端。

寻览世间千古事，影诗驭远可成仙。

西藏

拼搏赞①

笑择逆壑意悠闲，胆壮气横苦作甘。

乏氧衰心遭险境，塌方飞土跃深渊。

徒足顽越四千顶，自驾勇征十九弯。

此世难能搏雨雪，无疆旅者势接天。

① 此为自驾 G318 国道赴西藏所遇所感。

藏汉乐

凤望累年脱困贫，同胞福愿手牵心。
生息旺水三江始，势运族群四季新。
援建房街情似火，格桑花海爱如茵。
天人造化缘之本，藏汉一家血脉亲。

驻足然乌湖①有寄

车前险路续西征，眷恋温柔池涧情。
娴雅脱俗清冽碧，纯祥俏丽媚迷惊。
谁言藏域少红袖，自有心中多彩旌。
最是幽深瑶水净，滋君万里又一程。

① 然乌湖：位于西藏自治区昌都市八宿县，海拔 3850 米，素有"西天瑶池"的美誉。

西藏墨脱^①探秘

圣地娇滴馈艳莲，绝称雪域小江南。
途延十里经轮季^②，车过一峰历回天^③。
雾缈云祥灵境隐，瀑雄雨骛物流喧。
恰如万品盛衰世，澹荡留别大拐弯^④。

① 墨脱：林芝市下辖县，是西藏高原海拔最低、气候最温和、雨量最充沛、生态保存最完好的地方。

② 轮季：春、夏、秋、冬。

③ 回天：指雨雪云雾、寒暑炎凉等不同天气。

④ 大拐弯：指墨脱著名景区果果塘大拐弯，是雅鲁藏布江流经墨脱时水遇山阻，形成180度大转弯的自然奇观。此亦喻事物发展流变的曲折。

巴松错[①]观感

高原圣境隐偏乡，天阔云低呈瑞祥。

秀岸洁清经露雨，荒村慵懒现牛羊。

愿平湖水浪波涌，情满风帆昼夜航。

碌碌余生何所馈，悠然几许慢时光。

① 巴松错：位于林芝市工布江达县巴河镇，是西藏首个自然风景类国家 5A 级旅游风景区，集雪山、湖泊、森林、瀑布、牧场、文物古迹、名胜古刹为一体，有"小瑞士"之美誉。

布达拉宫礼赞

红山殿宇院居昂，万苦僧民朝拜忙。

松赞尺文婚隽美，格鲁①经传史荣光。

藏传佛教学流旺，世享神明力派强。

壮伟嵯峨西域圣，心香一瓣佑东方。

① 格鲁：藏传佛教的一派。

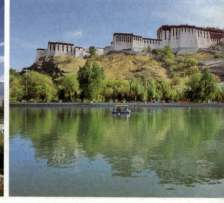

拉萨大昭寺^①、色拉寺^②见悟

千年古刹旺高香，顶礼参伏情未央。

信念盈胸甘寂谧，风霜蚀面满沧桑。

辩经^③可悟慧升道，致理方开欲俭光。

崇善积德绝恶迹，大雄佛典自清凉。

① 大昭寺：位于拉萨老城区中心，是一座藏传佛教寺院，已有1300
多年历史，在藏传佛教中拥有至高无上的历史地位。
② 色拉寺：位于拉萨北郊 3 公里处的色拉乌孜山麓，是拉萨著名的三
大寺之一（另两大寺为哲蚌寺、甘丹寺），以高僧活佛讲经说法、信徒
学员辩经悟道而闻名。
③ 辩经：特指藏传佛教按因明学体系的逻辑推理方式辩论佛教教义的
学习课程。

驰览羊卓雍错①风光

山南甫入览天湖②，碧色佐餐奇画图。

潋滟娇羞形可限，澄明邃净韵极殊。

乐攀圣境无平路，艳取风光必险途③。

忘返连喷环目顾，错将西域作东吴。

① 羊卓雍错：亦称羊湖，位于山南市贡嘎县。

② 天湖：羊卓雍错与纳木错、玛旁雍错并称西藏三大天（圣）湖。

③ 险途：指从拉萨市出发至羊湖景区近 100 公里行程中多为急弯险路，且须翻越 5030 米的岗巴拉山口，羊卓雍错湖面海拔高达 4441 米，游人须克服较强的高原反应。

纳木错①寄情

惜别拉萨悟失得，心净所奢自有佛。

圣水疾驰纳木错，峻山静赏扎西坡。

雪峰莹透任神往，湖影碧澄托赋酌。

畅饮秋光安日月，醉惊曦鸟掠清波。

① 纳木错：藏语谓"天湖"之意，西藏"三大圣湖"之一，湖面海拔
4718 米，为藏传佛教著名的圣地之一。

参观桑耶寺①感记

吐蕃②首寺③世闻名，缘切亲聆钟磬声。

宏正谨严尊圣殿④，雄丰庄穆善祥城。

虽遭燹险⑤梵音盛，可见虐平教化兴。

最赏兼容三式派⑥，佛光普映渡人生。

① 桑耶寺：又名存想寺、无边寺，位于西藏自治区山南市扎囊县桑耶镇境内，距今已有1200多年历史，在藏传佛教界一直拥有崇高的地位。

② 吐蕃：吐蕃王朝，中国西藏历史上第一个有明确史料记载的政权。

③ 首寺：桑耶寺是西藏第一座剃度僧人出家的寺院。

④ 圣殿：桑耶寺建筑规模宏大，殿塔林立，以"乌孜"金大殿为主体，组成一座庞大、完整的建筑群。

⑤ 燹险：燹（xiǎn），野火或兵乱中纵火焚烧。桑耶寺历史上屡遭火灾。"文革"期间，乌孜大殿外一幢九层的展佛殿上面六层被拆毁，故现只存三层。

⑥ 三式派：桑耶寺主体建筑兼具藏、汉、印度风格，为首座具备佛、法、僧三宝的正规寺院。

自洛扎①至卓木拉日雪山②存迹

蛇行旋③越五千三，路考身魂亲雪缘。

痴女望夫滴怨泪④，峻峰⑤守土固雄关。

识人莫过眸心澈，览胜弗如宇水蓝。

顾览山湖何所系，多情逆旅待明天。

① 洛扎：县名，隶属西藏自治区山南市，是与不丹王国接壤的边境县。

② 卓木拉日雪山：又名神女峰，海拔 7326 米，位于西藏日喀则市亚东县境内。

③ 旋：既指车行山路盘旋而上，又指因高反而头晕目眩。

④ 怨泪：指有关卓木拉日雪山（神女峰）与脚下多情湖（多庆错）的凄美传说。神女久盼丈夫归来，滴下多情的泪水，泪水遂变成多情湖。

⑤ 峻峰：指卓木拉日雪山，与印度及不丹王国接壤。

悠游亚东沟①笔慰

轻奢造访亚东沟，满目翠青非僻陬②。

古木栖猿③丰峭壁，新城富业俯湍流。

钟鸣寺④醒梵音盛，火舞宾欢文旅道。

更有民风淳朴誉，卿游尽享乐无忧。

① 亚东沟：西藏自治区日喀则市亚东县境内的亚东河峡谷，位于喜马拉雅山脉南麓，东与不丹接壤，西接锡金。这里山清水秀，气候温和，物产丰富，素有"西藏小江南"之美誉。

② 陬：山脚，角落。

③ 猿：指生长栖息在亚东山脉的长尾叶猴。

④ 寺：亚东沟现有噶举、东嘎双寺，尤以噶举寺香火最盛，并有6个分寺分布在印度、不丹国内。

日喀则奇林峡^①赏赞

珠峰在望过奇林，阔野惊开一裂痕。

百态无形呈靓丽，千姿壮势展嶙峋。

无评鬼斧时空断，有解天工风雪耘。

浩瀚自然沙几粒，凡胎切勿已称神。

① 奇林峡：位于西藏自治区日喀则市定结县境内，峡谷长约 15 公里、宽约 500 米、深约 200 米，经几千万年冰川雪水冲刷切割形成，形态奇特，令人震撼。于谷底仰望奇林，深感个人如沙粒一般渺小。

秘境陈塘沟^①探幽

萨加^②魅惑至陈塘，四季同天云雨翔。

山隐泉澄极目翠，村洁路畅遍花芳。

欢歌娇妹笑声朗，劲舞强哥神气昂。

夏尔巴人^③背热望，巅峰世界最荣光。

① 陈塘沟：位于西藏自治区日喀则市定结县西南部，印度洋的赤道暖流与高原寒流在此汇合，造就成"一山分四季，十里不同天"的神奇景象。

② 萨加：在尼泊尔语中，珠穆朗玛峰被称为萨加玛塔峰。

③ 夏尔巴人：藏语意为"来自东方的人"，中国西藏、尼泊尔和印度的山地民族，以"喜马拉雅山上的挑夫"著称。

珠峰①礼赞

圣巅宇界梦之光，万古仙姿冰雪藏。

雄视乾坤威酷雨，饱尝日月幻沧桑。

芳容②幸睹强心盛，难路③逾翻勇气昂。

礼过神峰无险域，人生逆旅赋康庄。

① 珠峰：珠穆朗玛峰的简称，喜马拉雅山脉的主峰，海拔 8848.86 米，
为世界最高山峰，藏语音译有"圣母之地""神女峰"之意，为世界登
山爱好者和朝圣者所膜拜，亦为众多旅行者和自驾人所神往。
② 芳容：珠峰呈金字塔形，地形险峻，气势宏伟，多为云雾雨雪笼
罩。能清晰观看并拍摄其真容是旅行者的幸运。
③ 难路：从珠峰景区大门至大本营，可自驾至观光车乘坐处。自驾会
经过海拔 5210 米的加乌拉垭口和落差大、坡度陡、弯道急的 108 道
弯路。

自珠峰至吉隆途中赏
希夏邦马峰及佩枯错风光

珠营忍舍赴吉隆①，地阔山高天际澄。
温顺依人亲碧错②，峻雄护美赞祥峰③。
谁言湖浅浪难盛，吾信缘深情更浓。
寂旷含羞常掩色，逢君肇始露芳容。

① 吉隆：指吉隆镇，位于西藏自治区日喀则市吉隆县南部，海拔 2600
米，素有"喜马拉雅后花园"之称。
② 碧错：指佩枯错，位于日喀则市吉隆县及聂拉木县的交界处，面积达
300 多平方公里，海拔 4590 米，是日喀则市最大的湖泊。
③ 祥峰：指希夏邦马峰，海拔 8027 米，是唯一完全在中国境内的
8000 米级高峰。藏族人民称颂它为"吉祥的神山"。

吉隆^①仙境所见

人间世外有桃园，佐证吉隆立眼前。

缥雾携云晨幕启，清辉抚地晓鸡喧。

幽深翠谷水欢溪，叠峻雄峰域镇关。

最解风情摄宝地^②，尽拍圣日照金山。

① 吉隆：西藏自治区日喀则市所辖县，具有众多人文景观、丰厚的历史文化和生态旅游资源。

② 摄宝地：指吉隆镇辖村——乃村，它在藏语中的意思是"大山顶上的圣地"，既有雪山冰川、飞云霞光，又有草场湿地、佛塔经幡；既有牛羊牧铃，又有村笼炊烟……最令人称奇的是四面环绕的十几座雪山清晰可见。

车往天上阿里①有记

恭谢金山驰普兰②，拼冲趣乐抗高原③。
苍茫圣路浮云上，峻伟雄峰幻宇间。
心有虔诚寻藏史，神尊烈士谒陵园④。
风光逆旅情无限，秘境可期阿里缘。

① 天上阿里：指西藏高原西部的阿里地区，被称为世界屋脊的屋脊，也被称为世界第三极、万山之祖、百川之源，平均海拔 4500 米以上，这里人迹罕至，又因空气含氧量极低而被称为生命禁地。
② 恭谢金山驰普兰：日出时在离开吉隆的路上再拍"日照金山"。
③ 抗高原：700 公里的山路，多在海拔 4500—5200 米，是名副其实的天路。高原反应是对旅行者最大的考验。
④ 陵园：指仲巴县烈士陵园，修建于 1975 年。这里安葬着 90 多名在 1961 年 10 月剿灭叛匪战斗中牺牲的革命烈士。

普兰^①景色咏叹

普兰甫至拜神峰^②，惊赏圣湖^③舒锦容。

喜鸟吉云双碧落^④，仙幡踊塔^⑤众福盈。

转山转水^⑥转灵运，爱己爱人爱皓穹。

触景几多天上梦，亲临胜境幸三生。

① 普兰：隶属于西藏自治区阿里地区，域内有享誉中外的冈仁波齐峰、玛旁雍错景区及众多风景名胜。

② 神峰：指冈仁波齐峰。它是冈底斯山脉的主峰，是藏传佛教四大神山之王，海拔 6656 米，藏语意为"雪山之宝"或"雪圣"。

③ 圣湖：玛旁雍错，位于冈仁波齐峰之南，海拔 4587 米，是雍仲本教、印度佛教、印度教所有圣地中最古老、最神圣的"圣湖"。

④ 碧落：天空。

⑤ 踊塔：佛教语，指多宝塔涌现。仅玛旁雍错周边就有八大寺庙，可谓踊塔。

⑥ 转山转水：借引仓央嘉措诗《那一世》中"转山转水转佛塔"句。

览托林寺^①、
古格王朝遗址^②有寄

寻根阿里旧时光，跨越峰湖迷圣邦。

重寺托林宣教盛，古格银眼^③映朝芒。

步蹒远史高原梦，情溢近行西域疆。

亘久梵音承大爱，福歌景泰众吉康。

① 托林寺：位于阿里地区札达县城西北的象泉河畔，始建于北宋至道二年（996），是阿里地区为仁钦桑布译师翻译佛教典籍专门修建的首座寺院。

② 古格王国遗址：位于阿里地区札达县，从山脚到山顶高300余米。有房屋、佛塔和洞窟等600余座。

③ 古格银眼：是西藏阿里古格王国特有的一种制作佛像的工艺，用白银镶嵌铜像的眼睛，使佛像的眸子看起来就仿佛有了生命。

车过噶尔^①达改则^②奇境

壮雄阿里路云端，奇域土林^③神万川。

昂首跃腾龙马境，低眉坐化弥勒禅。

真陪群鸟翔霞朵，假试单骑闯隘关。

高反虐心增趣乐，无人逆域待登攀。

① 噶尔：县名，位于西藏最西部，也是阿里地区行署所在地，全县平均海拔在 4350 米。

② 改则：县名，地处阿里地区的东部，全县平均海拔 4700 米，国道 216 线（新藏二线）穿过县城。

③ 土林：指札达土林，位于阿里地区札达县境内，为远古大湖湖盆及大河河床历千万年地质变迁而成。土林面积达 2000 多平方公里，奇形怪状，任人想象。

车越国道 G216 线
改—民段①感怀

阿里忍别骑纵缰，惊天撼魄过羌塘②。

无人禁域水山净，有命活区生物祥。

四季神风③迭肆虐，五千高反④逞昏狂。

崎岖倍赏暮春旺，逆旅诗心更远方。

① 改—民段：指国道 G216 线自西藏自治区阿里地区改则县至新疆维吾尔自治区和田地区民丰县。全线长 830 公里，为无人区，无加油站，无生活补给站，无住宿站，无网络信号，却有寂静神秘的火山群、丰富的地理地貌。

② 羌塘：中国海拔最高、面积最大的自然保护区和无人区，平均海拔 5000 米以上，面积达 29.8 万平方公里。地形复杂，地貌奇特，荒无人烟，完整保留了大自然原始的生态面貌，有奇特的高原地貌和野驴、藏羚羊、野牦牛、棕熊、狼等野生动物。

③ 四季神风：由于 G216 段内海拔由 5400 米到 1400 米，一天之内即可体验春夏秋冬四季的变化和季风。

④ 五千高反：此路段海拔多在 5000 米以上，导致很多路人高原反应严重。

西北篇

陕西

陕西甘泉大峡谷①赏叹

纯然妩媚透沧桑，直面屏息心跳狂。

地缝开合呈碧玉，天时流变始洪荒。

常将橙绿茸苔挂，瞬显赤黄浮影翔。

幸探人间魔幻景，无诗愧对好时光。

① 甘泉大峡谷：位于陕西省延安市甘泉县下寺湾镇，由大小 120 条峡谷组成。水、阳光、青苔相互交织，光影变幻、色彩斑斓，有"黄土高原自然地缝奇观"之美称。

陕西波浪谷^①意境

疾驰栉雨意何如，访胜寻诗趣乐夫。

千里秦川迤逦现，亿年沙砾淬磨濡。

理纹似火燃心魄，峰嶂超歌颂静姝。

世事存行波浪谷，秋高雾霁海天舒。

① 波浪谷：位于陕西省靖边县龙洲乡。

榆林镇北台①寄怀

辞晨驾雨雅韶陔②，信步登临镇北台。

岢势磅礴奇隘塞，史实雄重细涓埃。

御敌千里城门禁，交友亿人心卉开。

谨遣烽烟随古去，笑迎贵客四方来。

① 镇北台：明代长城遗址，雄踞陕西省榆林市城北 4 公里处的红山顶
上。其建筑规模宏大，为中国古长城的"三大奇关"（山海关、镇北
台、嘉峪关）之一，享有"万里长城第一台"之美誉。

② 韶陔：《韶》乐和《南陔》的合称，亦泛指古乐。

红石峡景区^①有寄

榆阳^②访古抚长城，放眼可及峡峭红。

一水中流急激远，双崖对峙险奇雄。

尚存窟殿^③供佛在，最有刻石^④激众崇。

久视碑铭心已动，引出诗啸九霄重。

① 红石峡景区：位于陕西省榆林市区北 5 公里处。

② 榆阳：陕西省榆林市核心区。

③ 尚存窟殿：红石峡景区内，明代所建石窟 44 处，本存浮雕石刻、碑刻题记等精美之作在"文革"中悉数被毁。现仅存石窟 33 处，但已面目全非。

④ 刻石：指峡壁面可见自明成化年间以来摩崖石刻 185 块，其中有巨幅题记 84 幅。

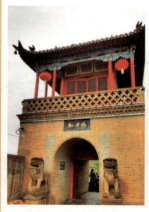

宁夏

致礼银川

乐驰西部水山间，荒漠不陪孤火烟。

河浪滔滔慈乳沛，艳花簇簇浩博繁。

文丰物阜醉街景，族异情浓携礼篇。

慨叹此行琼宇外，放歌大爱美银川。

甘肃

七彩丹霞^①礼赞

朝伴晨星撷霭烟，追光疾步影奇山。

金橙旷脉伟迤逦，赤褐苍极艳绚翩。

润育阴柔生态水，雄刚阳起命根源。

惊鸿七彩丹霞丽，天下群峰无色观。

① 七彩丹霞：指七彩丹霞景区，位于甘肃省张掖市境内，是国内唯一的丹霞地貌与彩色丘陵景观的高度复合区，色彩缤纷、迤逦层叠，集雄、险、奇、幽、美于一体，为国家 5A 级旅游景区。

莫高窟①颂

漫驰大漠觅音香，信仰坚恒摧昧荒。

高僧商侣描古韵，豪族将佐刻安邦。

静承佛史梵光献，通显心灯文脉彰。

再顾沙峰花雨沛，昌民富世耀敦煌。

① 莫高窟：坐落于甘肃省敦煌市东南的鸣沙山，是中国三大著名石窟之一，既是古代丝绸之路中西文明交流的重要见证，也是中国古代文明佛窟艺术的璀璨宝库。

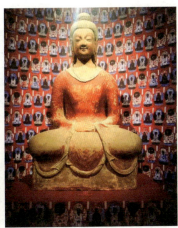

新疆

穿越塔克拉玛干沙漠①

神秘大疆征战多，死亡之海②必穿梭。

导航南仰昆仑壑，择路东邻罗布泊。

大漠烁金摄胆魄，欢歌增力暖心窝。

狂沙酷热③俱揖过，唯剩轮痕留笑波。

① 塔克拉玛干沙漠：中国最大的沙漠，面积 33 万余平方公里。
② 死亡之海：塔克拉玛干沙漠的别称。
③ 酷热：时值九月，沙漠温度仍高达 38℃。

和田之美

阔别大漠①胜如翾，神往绢都②寻靓璇③。
廊④里葡萄佳酿久，无花果圣⑤蕙思绵。
徐风暮色引人醉，劲舞欢歌催夜癫。
千载尼峰⑥芳贵史，诗心礼尽赞于阗⑦。

① 大漠：特指塔克拉玛干沙漠。
② 绢都：和田除有玉都的美名外，还被誉为绢都。
③ 璇：美玉。
④ 廊：指和田独景——千里葡萄长廊。
⑤ 无花果圣：新疆无花果王树在和田境内。
⑥ 尼峰：和田境内尼雅古国遗址及文明。
⑦ 于阗：和田地区古称。

南疆和田"醉"美

才尝天上^①水流甜，又赏人间^②族舞欢。

碧绿终防沙暴虐，澄黄始焕古风传。

弦琴畅婉驱烦虑，纳鼓^③喧惊起蹁跹。

疑似神来宾主兴，诗囊蜜淌醉于阗。

① 天上：喻西藏高原，天上阿里。
② 人间：喻新疆南部，人间和田。
③ 纳鼓：指纳格拉鼓，维吾尔族的打击乐器。

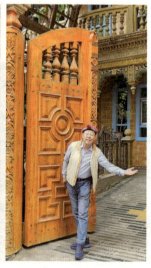

帕米尔高原^①美景集萃（其一）

景色西南冠首标，巍峨葱岭现群雕。

冰山之父^②情憨笃，柔水花神^③爱艳娇。

千载土城^④奇彩焕，一秋金草^⑤旖光昭。

旅人浩叹凡身渺，唯愿国疆更壮娆。

① 帕米尔高原：中国古代称葱岭，古丝绸之路从此经过，横跨塔吉克斯坦、中国和阿富汗。

② 冰山之父：慕士塔格峰的别称。

③ 柔水花神：喻卡拉库里湖。

④ 土城：指塔什库尔干塔吉克自治县有 2000 多年历史的石头古城。

⑤ 金草：指石头古城外的金草滩。

帕米尔高原美景集萃（其二）

碧玉白沙①天际连，奇冈邃谷莽红山②。

卡拉库里湖携秀，慕士塔格峰挽巅。

牧畜同席金草旺，古今共念垛石③坚。

思情赠友云一朵，略慰知心自嵌巉④。

① 白沙：指白沙山、白沙湖景区。

② 红山：奥依塔克红山景区。

③ 垛石：指石头城遗址。

④ 嵌巉：山崖险峻之意。唐代白居易有："嵌巉嵩石峭，皎洁伊流清。"

喀什市景游吟

喀什古韵瑞光鲜，心醉神驰述半全。

饱览老城熙事汇，尽欢市井尚文篇。

清真族寺①享膜拜，满场巴扎②呈旺喧。

王帝香妃皆往矣，留观玉冢③在人间。

① 清真族寺：指艾提尕尔清真寺，为新疆规模最大的清真寺。
② 巴扎：集市。
③ 玉冢：指著名景点香妃墓。

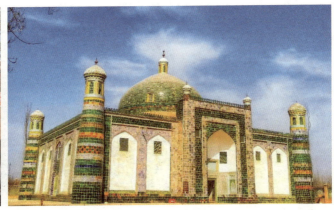

莎车县^①撷景留句

南疆魅域现莎车，神韵堪超南亚国。
民女为妃诗浪漫^②，番王御寇势磅礴。
囤耕群富边防固，传艺族兴文化灼。
绝技空中惊世久，云泥共赏醉生活。

① 莎车县：喀什地区下辖县，位于新疆西南边陲，有3000多年的历史，是中亚文化与西域文化融为一体的历史文化名城。
② 民女为妃诗浪漫：阿曼尼莎汗是叶尔羌汗国第二代汗王拉失德的王妃。她才华出众，是16世纪杰出的维吾尔族女诗人，曾整理创编集维吾尔古典音乐之大成的"十二木卡姆"——维吾尔乐舞艺术的稀世瑰宝。

喀什古城①印记

舞劲歌甜人沸喧，开城盛式彩云端。

悠悠古韵诉青史，缕缕柔思焕靓颜。

每赏疆南绝代色，更期族运继生贤。

燃情市井醉心化，吾忆永存那片天。

① 喀什古城：位于喀什市中心，文化厚重、风情独特，是新疆最具代表性的历史人文景观，有2100多年的历史。

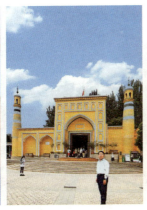

驱车盘龙古道^①畅怀

百里腾龙天下殊，莽原巨子性坚孤。
偶窥俏势籍晴日，常念寒冰借暖飚^②。
回荡客乘庸病愈，攀爬自驾壮怀抒。
生涯有限多弯路，慧驭灵心化坦途。

① 盘龙古道：位于喀什地区塔什库尔干塔吉克自治县，长 30 公里，海拔由 3000 米陡升至 4000 多米，369 道 S 急弯，山顶风光无限，山下景观独特。由于海拔高与急弯容易让人晕车，游人多望而却步，却是勇敢自驾者挑战自我的良机。盘龙古道入口处有"今日走过了所有的弯路，从此人生尽是坦途"打卡点。
② 飚：风。

致敬美丽克州^①及首府阿图什

亘境西陲镇远防，高原宝玉耀南疆。

静幽峡谷^②映华月，宏峻天门^③衬晓光。

举市洁容区内首，无花流蜜果中王^④。

拼将余力献边域，挚友^⑤加盟再伟煌！

① 克州：指克孜勒苏柯尔克孜自治州，被称为"万山之州"。

② 峡谷：指阿图什大峡谷。

③ 天门：克州奇景。

④ 果中王：指驰名全国的无花果之乡——阿图什。

⑤ 挚友：余黑龙江好友正在援疆。

独库公路及建设者永存

巴音^①欲晓扫云霾，纵驾天山^②登月台。

奇峭峨幽峡谷赤^③，峻雄险变垭雪皑^④。

凿崖破壁工兵苦，越岭穿峰神路开。

倾献牺牲^⑤弘大爱，拼得万代幸福来。

① 巴音：指巴音布鲁克大草原，是独库公路南段的一个景区。
② 天山：独库公路穿越天山，连接新疆南北。
③ 峡谷赤：指新疆库车大峡谷。
④ 垭雪皑：独库公路所穿越的山顶垭口，气候多变，常风雪交加。
⑤ 牺牲：为建设独库公路牺牲的战士多达 168 人。

独库公路复通日车过有寄

半载山封彩雾焯①，担天独库②复通车。

风情四季倏忽过，魔趣全程持久奢。

世事顺规堪驾驭，人生逆旅莫蹉跎。

云花雨雪醉佳景，纵路撷光再放歌。

① 焯：照耀、明亮。彩雾焯，独库公路因雪封路半年多，2023 年 6 月 18 日独库公路通车仪式上彩雾纷纷、光色映天。

② 担天独库：独库公路，即 217 国道独山子至库车段，因横穿天山，又称天山公路，是具有连接新疆南北重要功能的"担天"之路，全长 561 公里。

西疆风光撷萃

西疆放眼遍田畴，蜜枣香瓜盈仲秋。

赛里木湖烟水秀，霍斯①口岸圣门优。

草原峡谷喀拉峻，卦镇②星桥果子沟。

不夜阳关寻古道，民安族泰更风流。

① 霍斯：指霍尔果斯，地处中国西部边陲，隶属于伊犁哈萨克自治州。

② 卦镇：伊犁哈萨克自治州特克斯县八卦城。

游览天山大峡谷①

龟兹②向北现奇峰，秘古雄峨摄赤容。

信步临渊吉韵雅，凝神探谷壮情浓。

刀斫③斧剁何增色，岭断崖悬谁染红？

除却边关斩寇血，自然大化在天成。

① 天山大峡谷：亦称库车大峡谷，位于阿克苏地区库车市城北64
公里。
② 龟兹：库车古称龟兹，是中国古代西域大国之一。
③ 斫：用刀斧砍削。

参观库车大寺^①、库车王府^②印记

库车古韵富千年，得益寺宫续旺篇。

平叛建功王者耀，固边拓业众民坚。

旌旗猎猎昭族运，祷告声声言教传。

史迹繁花皆所愿，中华西域永吉安。

① 库车大寺：坐落在库车市，是新疆仅次于喀什艾提尕尔清真寺的第二
大寺。现存寺院为 1931 年建成。

② 库车王府：位于库车市城区，是 1759 年清朝乾隆皇帝为表彰当地
维吾尔族首领米尔扎·鄂对协助平定大小和卓叛乱的功绩，专门派遣
内地汉族工匠建造而成。

多彩库车集赞

红峡洞燧^①自磅礴，市井理纹更库车。

绝色迷人斯坦路^②，纯香摄魄大馕国^③。

绿洲满眼胜荒漠，古韵悠弦激奋戈。

劲舞情牵多彩梦，昂扬一曲醉生活。

① 红峡洞燧：指库车大峡谷、库木吐喇千佛洞、克孜尔尕哈烽燧 3 个景点。
② 斯坦路：位于库车市最繁华的商贸中心。
③ 大馕国：库车大馕城，馕可谓是维吾尔族不可缺少的传统食品，而库车大馕在新疆的大名则无人不知无人不晓。

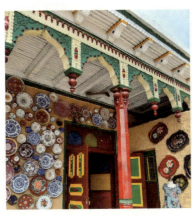

阿克苏地区古迹寻踪

南疆史迹美连牍，重域当称阿克苏。
千载参天神古木①，万山隐面圣石窟②。
可歌英烈册王府③，堪颂龟兹展玉璞。
璀璨文明澎湃力，携诗向远驭征途。

① 神古木：指天山神木园。
② 圣石窟：指克孜尔千佛洞。
③ 王府：指库车王府。

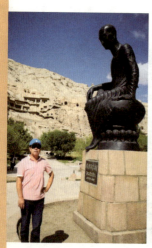

参拜伊犁林则徐纪念馆

驱车西域日兼程，专谒文忠①到景宁②。
观世③销烟④引法⑤首，总督⑥治漠⑦译文⑧英。
禁毒功伟遭谪放，引水劳辛获晋升。
昏代帝王终没落，恒留炫目有行星⑨。

① 文忠：林则徐谥号。

② 景宁：指伊宁市。

③ 观世：史称林则徐为"睁眼看世界第一人"。

④ 销烟：虎门销毁鸦片。

⑤ 引法：林则徐被称为引进国际法的第一人。

⑥ 总督：林则徐曾任六省总督。

⑦ 治漠：林则徐被流放伊犁期间，参与治理荒漠。

⑧ 译文：林则徐组织翻译了很多外国作品。

⑨ 行星：鉴于林则徐销烟禁毒的功绩，国际组织以其名字命名一颗小
行星。

那拉提草原①盛景

驰越天山面北疆，惊呼青翠挽雄苍。

多台②竞秀托峰壑，立体③丰原牧马羊。

方贺艺坛节庆④盛，更怡书苑⑤礼文彰。

聚焦羔崽忍离去？心化情迷一醉觞。

① 那拉提草原：位于伊犁河谷。

② 多台：那拉提旅游风景区多以"台"取名，如天鹰台、天云台、天界台、天牧台、天成台、天神台、天仙台等。

③ 立体：那拉提草原以"空中草原""河谷草原"为主景区，立体感很强。

④ 艺坛节庆：那拉提景区文化艺术活动丰富多彩，文体赛事层出不穷。

⑤ 书苑：那拉提景区内设有"那·书苑"，内有8000多册书籍供游人免费阅读，为那拉提景区的美丽风光增添了文化底蕴。

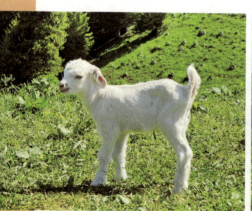

唐布拉百里画廊①撷景

百里凝神观北疆，峰峦叠翠映高光。

求生灵畜正迁场②，游牧欢歌亦奋航。

雪旺曲流溪水碧，草青渐茂灌林芳。

诗心造化疑成梦，谐趣天然一画廊。

① 唐布拉百里画廊：唐布拉草原是伊犁地区著名的草原之一，素有
"百里画廊"之称。

② 迁场：指牧区马牛羊的"转场"，即牧民根据牧草生长周期，有序
带领牲畜转移草场的过程。

惠远古城①礼赞

伊犁大美梦之乡，不可无知古运昌。

历列将军皆尽瘁，各族庶众俱激昂。

戍边始固苍山秀，屯垦方得沃野煌。

雄壮远城英烈谱，最佳西域好风光。

① 惠远古城：位于伊犁哈萨克自治州霍城县，始建于清乾隆二十八年
（1763），并陆续在其周围建起八座卫星城，现古城内存有伊犁将军府、
惠远古城陈列馆、文庙、钟鼓楼等景点。

伊宁喀赞其民俗旅游区①巡礼

塞外西疆承古缘，风情璀璨赛珠璠②。

才聆歌者咏弦曲，又沐画家调色盘。

贵客多迷商贾巷，鄙夫独赏庶族蓝。

观光何必赴天远，此胜人间伊甸园。

① 喀赞其民俗旅游区：一个以维吾尔族民族风情为主体的大型原生态
人文景区，位于伊宁市。
② 璠：美玉。

伊宁六星街①掠美

添花锦上赞伊宁，异彩华光绝六星。

晨起徜徉油画色，夜来聆赏玉弦声。

置身童话迷凡界，觉慧天然超妙城。

忘返无言惟敬谢，诗心礼尚各族情。

① 六星街：是伊宁市的一个古老街区，始建于 20 世纪 30 年代中期，由德国工程师瓦斯里规划设计。街区平面呈圆形，六条主干道从中心向外辐射，把街区分成六个扇形地区，形成一个独具特色的居住模式。

巩留^①云杉小镇探幽

伊犁翠谷隐一庄，惊艳莫名世无双。

云雪杉林方入梦，牛羊鹰马亦浮墙。

精心萃取民俗气，创意博成艺苑廊。

任尔喧嚣凡界外，清宁独守最风光。

① 巩留：指巩留县，隶属于伊犁哈萨克自治州，位于伊犁河谷中部，
境内雪山雄伟，森林茂密，古迹众多。

流连霍城薰衣草①花海

风微夏盛野芬芳，尽赏薰衣花上皇。

紫陌无垠生暖色，蓝田有季释清香。

携株列阵语传爱②，洁面舒肌颜映光。

艳遇多情极品草，谁人肯拒醉新疆。

① 霍城薰衣草：伊犁哈萨克自治州霍城县特产，全国农产品地理标志。霍城县是中国最大薰衣草种植基地，是中国的薰衣草之乡。霍城薰衣草已被列入世界八大知名品种之一。
② 语传爱：指薰衣草的花语——等待爱情。

库尔德宁景区^①谐趣图

伊犁河谷锦蜿蜒，疾缓追行情溢筏。

静赏云杉拥绿野，徐趋虞美醉红颜。

雪峰润草牛羊盛，峡路绝尘文旅欢。

依树露营一梦醒，诗花绚烂漫天山。

① 库尔德宁景区：位于伊犁哈萨克自治州巩留县东南山区，是世界自然遗产地，被评为中国最美十大森林之首。

端午节发自
安集海大峡谷①的祝福

巅行峡谷借晨光，遥贺亲情弥粽香。

斗转神工峰壑赤，星移鬼斧体肤苍。

《九歌》有诵超凡响，《天问》无答变漠荒。

屈子族魂昭日月，飞崖竞渡众安康。

① 安集海大峡谷：又名红山大峡谷，位于塔城地区乌苏市沙湾市安集
海镇，由发源于天山山脉的安集海河，通过亿万年冲刷而成。

哈密左公文化苑^①记怀

深游西域拜宗棠，青史铭心镇故疆。

气壮抬棺破寇胆^②，志豪率众拓沙荒。

匡扶社稷边关稳，顺善民生族运昌。

固业兴邦功至伟^③，英名盖世永流芳。

① 哈密左公文化苑：位于哈密市内。左公，左宗棠（1812—1885），字季高，一字朴存，号湘上农人，湖南湘阴人，中国近代民族英雄、政治家、军事家、诗人，洋务派代表人物之一。

② 气壮抬棺破寇胆：左宗棠曾以64岁高龄，自带雄兵，抬着棺木西征，最终成功收复新疆大部分领土。

③ 固业兴邦功至伟：指左宗棠在收复新疆的过程中，不仅十分重视整饬吏治、发展生产、改善民生，而且提出了在新疆建行省的主张。

北疆风光集锦（其一）

才从魔鬼瓮中穿，又至迷人五彩滩。

沙暴风狂殊恐怖，景攫光艳绚斑斓。

雅丹形貌自然馈，佳丽妆容山水观。

宝驾吊桥凌险渡，再乘暮色气犹酣。

北疆风光集锦（其二）

驾车欢旅北疆奔，山路蜒行禾木村。

袅袅炊烟迎远客，皑皑雪岭送金昏。

古屋洁暖浓茶沸，图瓦^①雄豪浊酒斟。

原始真情终有获，天堂部落浣灵魂。

① 图瓦：指祖居在禾木村的图瓦人。

北疆风光集锦（其三）

隐居西北第一家，气质绝伦独秀葩。

缥缈拾级浮世雾，微曛览日趁云霞。

边关镇守职责圣，佳景撼俗游客夸。

友谊峰连四国域^①，人间净土白哈巴。

① 友谊峰连四国域：友谊峰为阿尔泰山脉主峰，与俄、蒙、哈萨克斯坦相连。白哈巴村地处友谊峰脚下。

北疆风光集锦（其四）

追风险路伴曦光，喀纳斯区云竞翔。

旖旎湖姿娇女卧，氤氲山色锦秋苍。

坑馕奶酒香飘溢，手鼓鹰笛曲漫扬。

此景唯应天上见，桃园世外现东方。

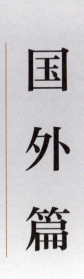

国外篇

英国

赴英国糖业考察合作[1]有记

他山采玉赴英糖，巩筑甜都[2]兴大荒。

术技科学功显倍，则约管理绩成双。

深植沃土百花艳，广纳群贤千树芳。

待到秋来宏骏旺，天合蜜业共腾煌。

[1] 英国糖业考察合作：余作为翻译兼记者随齐齐哈尔市政府代表团考察英国制糖企业及工厂并洽谈合作。

[2] 甜都：亦称糖都，指齐齐哈尔发展规划中发挥地方产业优势，将建成北方糖业之都。

美国

参访美国斯坦福大学及硅谷科技园区有寄

求知怎惧峭春寒，赴美研学迷校园。

雅净宜人灯火旺，欢腾助力艺文喧。

自由风劲①何足训，平等格高是为先。

尤以智能科技首，聚英硅谷日中天。

---

① 自由风劲：指斯坦福大学校训——The wind of freedom blows（自由之风永远吹拂）。

俄罗斯

自俄罗斯伊尔库茨克市至乌兰乌德市沿途有寄

飞关夜抵意朦胧，热望失眠疾雪行。
地远天高寻旧路，人非物渺觅新程。
碧湖澈宇依如洗，廖市清街更似伶。
幸有诗心童话梦，慰余卅载①恋思情。

① 卅载：余自首访俄罗斯后贝加尔车尔尼雪夫斯基国立人文师范大学至 2023 年已三十余年。

贝加尔湖①畔感怀

罡风怒卷雪初冬，浪涌淞堆寒气凝。

皓齿明眸②难掩邃，清波翠柏更培澄。

缧囚③苏武④滔滔泪，深寄北冥⑤款款情。

饮马策鞭天荡啸，痴心可待化蓝冰。

① 贝加尔湖：位于俄罗斯东西伯利亚南部，是世界上最深、蓄水量最大的淡水湖，有336条河流汇入。

② 明眸：指贝加尔湖因湖面湛蓝清澈而被誉为"西伯利亚明眸"。

③ 缧囚（léi qiú）：关押、囚禁。

④ 苏武：贝加尔湖曾为中国古代北方民族主要的生活地区。汉代的苏武牧羊就在此地。

⑤ 北冥：指贝加尔湖，取自庄子《逍遥游》中"北冥有鱼，其名为鲲，鲲之大不知其几千里也……"传说北冥就是北海，而古时"北海"即贝加尔湖。

再访俄布利亚特国立大学
并观光乌兰乌德市

职涯运幸跨国忙，七往寻师访贵邦。

圣地如昨呈旺气，黉门^①依旧沐高光。

热拥学子欣当灿，紧握同侪喜若狂。

过事云风今又现，情纯志励续华章。

① 黉门：原义指学校，这里特指俄罗斯布利亚特国立大学外语系朝向
繁华大街、广场的黄色木门，虽已斑驳，但承载了俄中师生成长交往
的珍贵记忆。余每次来访频繁出入，并在此留影。

莫斯科旧物市场^①有寄

疾驰抵莫^②沐晨光，法眼迷踪旧市商。

无尽琳琅追厚史，可休贱贵品薄妆。

旅人仅购一贤物^③，诗者已得千圣王。

彩顶^④教民何所愿？存生转世入天堂。

① 旧物市场：指莫斯科伊兹马依络沃工艺品市场，建筑风格独特，占地面积巨大，物品齐全，从古典风格到现代风格应有尽有。

② 莫：莫斯科。

③ 贤物：指余淘得莫斯科和平鸽胸章一枚，极为珍爱，祈望和平。

④ 彩顶：特指旧物市场主体色彩鲜艳明快的东正教建筑风格及拜占庭式圆顶。

莫斯科红场①怀古

踱行红场赏高墙，雪绪清扬激慨慷。

凛祭火燃英烈血，虚遮椁葬教皇殇。

风云际会缅文史，路塔斑驳诉暖凉。

千古帝王春梦逝，寒宫泪枕醉黄粱。

① 红场：指俄罗斯莫斯科广场。"红"在俄语中是"漂亮"之意，红场即漂亮的广场，始建于15世纪，包括克里姆林宫及东墙左右两边对称耸立的斯巴斯基塔楼和尼古拉塔楼、圣瓦西里大教堂、喀山大教堂、基督救世主大教堂及无名烈士墓等建筑。

参观莫斯科卫国雕塑敬怀

国英烈士战名扬，史迹丰碑铭浩彰。

浴血仇诛侵略寇，御敌恨戮盗袭猖。

环旌猎猎捍宁日，群塑煌煌唤瑞光。

自古雄王责守土，法回天道在安邦。

参观莫斯科普希金^①故居寄怀

高山圣祖饱学魂，仰止几多芳少心。

顾念情贞纯粹爱，疾书羽盛^②玉洁存。

生活骗扰可忧喜^③，身运自由依闯拼^④。

不老青春文苑彩，恒词永励敬诗神。

① 普希金：俄国著名文学家、近代俄国文学奠基人，被誉为"俄国文学之父"，是俄国最伟大的诗人、现代俄语标准语的奠基人。普希金故居位于莫斯科著名的阿尔巴特大街，普希金与爱妻娜塔莉娅在此度过了婚后最美好的时光。

② 羽盛：羽，羽毛笔，普希金生活的时代人们书写的工具；羽盛，普希金8岁即可写诗，15岁发表首部诗集，一生著述颇丰。

③ 生活骗扰可忧喜：借普希金代表作之一《假如生活欺骗了你》。

④ 身运自由依闯拼：借普希金名作《自由颂》。

莫斯科大学^①礼赞

平生再喜^②访黉堂，倍觉意深情笃长。

皓月传神凝慧影，群星^③夺目璨恒芒。

追昔可辨自由路，普世更识科技光。

福愿天承薪火旺，风云致远续煜煌。

① 莫斯科大学：于 1755 年由沙皇俄国教育家米哈伊尔·瓦西里耶维奇·罗蒙诺索夫倡议并创办，是俄罗斯规模最大、历史最悠久的综合性研究型高等院校，亦为欧洲顶尖、世界著名的高等学府。

② 再喜：指余再次参访莫斯科大学。2010 年，齐齐哈尔大学有全国高校中唯一的中俄大学生艺术交流基地，余带领齐齐哈尔大学艺术团队参加由中国教育部和俄罗斯联邦教育科学部共同主办的中俄大学生艺术联欢节文艺演出，首次到莫斯科大学。

③ 群星：指莫斯科大学创办至今人才辈出，灿若繁星。

圣彼得堡游吟

曦光掠影彩云飘，复访尊城慨世娇。

童话缤纷情润雪，霓裳炫幻梦牵桥。

曾经御寇①壮英烈，昨历再兴②坚志豪。

涅瓦河今多寂寞，何时鼎沸续妖娆。

① 御寇：指第二次世界大战时，自1941年9月至1944年1月在被德军围城的900天中，苏联军民英勇抵抗的卫城之战。

② 再兴："二战"时，圣彼得堡市有3000多座建筑物被德寇彻底炸毁，变为废墟。战后，为光复传统文化，市政和人民对全市古迹逐一修复，使其重现昔日辉煌。

圣彼得堡夜寄

宫堂昼短影嵯峨，繁履声疾迎晚奢。

月朗城迷倾妩媚，雪洁霓魅秀婀娜。

无边夜色成眠少，不尽星河诉事多。

最是流觞弦乐曲，悠心入梦枕轻波。

圣彼得堡冬宫^①巡礼

迷思溢梦仰冬宫，艺界寻师凝世宏。

举望廊空星永灿，俯察学岸派常恒。

鎏金尽展异族色，塑玉高扬本域风。

叹有灵犀无彩翼^②，飞诗幻画绘苍穹。

① 冬宫：位于俄罗斯圣彼得堡市，曾为俄罗斯最著名的皇宫，又称艾尔米塔什博物馆，与巴黎的卢浮宫、伦敦的大英博物馆、纽约的大都会艺术博物馆并称世界四大艺术与历史文化博物馆。

② 灵犀无彩翼：借唐代李商隐《昨夜星辰昨夜风》诗中"身无彩凤双飞翼，心有灵犀一点通"。

日本

大阪印记

扶桑首访赴关西，大阪中心繁攘熙。
天守阁①寻国史迹，凤凰船现御师旗。
青川碧水桥千座②，精料美食城万席③。
更有春樱增秀色，和风礼赞敬思齐。

① 天守阁：镶铜镀金，宏伟壮观，为大阪城主体建筑，也是日本历史上丰臣秀吉统一全国的象征。

② 桥千座：大阪获誉百川之城，又称水都，有上千座桥。

③ 城万席：大阪有"天下的厨房"之称，独具"吃穷文化"，意为吃到倾家荡产。这一概念，更多是象征性的，而非字面意思。

奈良感怀

国都肇始大和①邦，造化人文兴奈良。

谦使遣唐②昭彩至，高僧③克难布经忙。

善萌野鹿民家苑④，衰盛绝尘御影堂⑤。

樱洒古町诗醉酒，履新年号⑥旺春光。

① 大和：日本古代称大和国，奈良是其第一个国都。

② 谦使遣唐：大和国曾派遣众多虚心的使者到唐朝学习交流。

③ 高僧：特指唐代鉴真大师克服千难万险，东渡扶桑，讲律传戒。

④ 野鹿民家苑：奈良公园有 1000 多只野鹿。

⑤ 御影堂：鉴真大师圆寂坐像供奉于此，朝拜者众。

⑥ 新年号：指日本政府颁布新年号，"平成"改为"令和"。

京都雅韵

烟云缥缈似姑苏，古刹千年香火足。

茶道和服歌艺伎①，狂言雅乐尚鸿儒。

临风每有隋唐韵，拜寺多观稻荷狐②。

花雨成沱屐步碎，和魂故里最京都。

① 茶道和服歌艺伎：茶道、和服、艺伎。
② 稻荷狐：传说狐狸是日本稻荷神的使者。

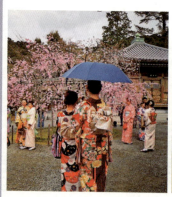

神户仁思

异人①制技启洋兴，神户维新筑港丰。

惊世绝伦桥岛冠②，暖心俏艳塔轮③盈。

再彰国父④"三民"愿，谨厚族贤四海情。

"鹰犬干城"⑤犹在耳，令和可待舞春风？

① 异人：神户人在港岛一带开放后对外国人的称呼。

② 桥岛冠：神户明石海峡大桥是世界上最长的吊桥，神户港岛是世界上第一座人工岛。

③ 塔轮：指神户港塔、马赛克摩天轮。

④ 国父：指孙中山，他曾十八次到神户。孙文纪念馆就坐落在明石海峡大桥旁。

⑤ "鹰犬干城"：出自孙中山1924年11月28日在神户最著名的演讲《大亚洲主义》："究竟是做西方霸道的鹰犬，或是做东方王道的干城，就在你们日本国民去详审慎择。"干，盾牌；城，城墙。干城，为捍卫者之义。

樱花风

村山御苑赏春樱，渐解倾城民沸情。
热烈纯洁超叶放[①]，丰盈灿烂满堂兴[②]。
物哀[③]武士灵魂祭，花见[④]庶人前线[⑤]萌。
铭警军国污卉史[⑥]，馨香永伴大和风。

① 超叶放：樱花盛开时，花朵遮蔽树叶。

② 满堂兴：樱花开放到极致，即将衰败的阶段。

③ 物哀：日本文化中古已有之的美学思潮，认为美好的事物稍纵即逝，樱花短暂的花期蕴含着哀伤无常之美。

④ 花见：亲友们在樱树下饮食聚会的赏樱文化。

⑤ 前线：樱花前线，是气象厅对每年樱花季的预报。

⑥ 污卉史：第二次世界大战中，日本军国主义者曾把樱花作为效忠天皇的精神象征。

樱花赞

撷春猎梦旅扶桑，遍赏樱花竞秀煌。

寺刹洁白存古韵，庭园嫩粉扮新妆。

馨香获誉世情美，馥郁得彰民气扬。

谨愿绝生族类耻，和风丽质永芬芳。

江户^①礼赞

令和幕启赴东京，名胜佳都慨伴行。

街井序洁花引路，众颜礼悦笑盈厅。

食纯老养吏风肃，教正区安众气清。

宾主等平餐秀色，府民共济铸城星。

① 江户：日本东京的旧称。

旅日希冀

东瀛掠影泛心潮，盛景激情逐浪高。
科技振邦兴骏业，法德安众创福瑶。
既铭前事耻连勇，当警后师菊与刀①。
一衣带水邻睦好，常青益友共翔翱。

---

① 菊与刀：美国文化人类学家鲁思·本尼迪克特在所著同名书籍中对日本国民性格的比喻。"菊"是日本皇室的象征，"刀"是日本武士道精神的体现。

韩国

访韩国东新大学、高阳市外语高中与师生互动留念①

国门顺敞乐空前，校际交流培众贤。
每赏邻邦科教盛，又欣学子人才翩。
知行不二可成器，身土为一堪胜凡。
代有师生揪喜泪，同心锦创艳阳天。

① 韩国东新大学、高阳市外语高中均为齐齐哈尔大学的友好合作院校。余曾为合作项目中方主要负责人。截至2006年，中韩互派交流学生已达150余人、教师14人。

泰国

敬赏清莱^①蓝庙白庙^②

清莱漫步与神交，庙宇倾心色杏娇。

蓝湛境幽深法慧，白洁智耀妙禅谣。

积德纵享无常运，作恶难逾奈何桥。

非事晨钟击暮鼓，艺峰佛界耸云霄。

---

① 清莱：泰国清莱府有很多著名景点位于与老挝、缅甸的交界处，与
中国云南省结为友好省府。

② 蓝庙白庙：均为泰国清莱府著名寺庙，以蓝色深邃、白色纯洁吸引
来访者目光，更以美轮美奂、巧夺天工的设计闻名于世。

泰国清迈泼水节^①感怀

观光尚礼旅安邦，丽景人间诗远方。

月夜巡愉昭兴彩，花街展乐秀华章。

无忧始做狂欢梦，少虑才得吉善祥。

圣水情泼浇喜运，焕民福爱旺绵长。

① 清迈泼水节：泼水节，也叫宋干节，是泰国传统的新年庆祝活动，于每年 4 月 13 日开始，历时三天。泼水节代表着清除所有的邪恶、不幸和罪恶，并怀着一切美好和纯净开始新的一年。

素可泰①历史遗迹公园遐思

圣迹摄人心魄颠，斑驳史境诉风烟。

一佛可理千番愿，百岁难明几赋编。

多见塞听评冷暖，少闻开目②判因缘。

世间若许菩提树，必悟吉福云水端。

① 素可泰：泰国首个王朝素可泰的首都，位于泰国中央平原。"素可泰"的字面意义为"快乐的开端"，同时也被认为是泰文化的摇篮。
② 开目：指在素可泰历史遗迹公园西北角的西春寺中的睁眼坐佛。据说此佛是泰国唯一一尊开眼巨佛，高 15 米，也是泰国最大的坐佛。

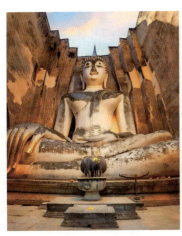
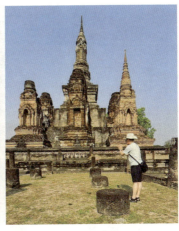

曼谷大皇宫^①漫步

迷离仰视大皇宫，厚重沧桑慨莫名。

金碧塔云仍炫目，玉辉基殿更痴情。

菩提树下婆娑影，民众心头繁盛荣。

壮阔尘微千古事，传评憎爱世人中。

① 曼谷大皇宫：指泰国（暹罗）王室的皇宫，是曼谷市中心一处大规模古建筑群（共计28座），是历代皇宫中保存最完美、规模最大的建筑群，汇聚了泰国建筑、绘画、雕刻和装潢艺术的精华，被称为"泰国艺术大全"。

匆旅泰国芭堤雅①有记

芭堤雅岛梦之乡，侠旅神行宾客忙。
邦域歌欢呈友意，民族舞媚秀霓裳。
绽花海浪荡忱水，喧彩巷街掬笑觞。
不夜长情何忍去，鼾星枕月忘晨光。

① 芭堤雅：位于中南半岛南端，为泰国著名海景度假胜地。

敬览吴哥窟^①有寄

凡心所往伴朝晖，近驶吴哥仰崴魁。

承教接宗绝艺创，勒石雕意翠岩培。

高棉微笑^②流芳世，素履拜神载素碑。

一瞬千年兴废史，日升月落几轮回。

① 吴哥窟：又称吴哥寺，被称为柬埔寨国宝，是世界上最大的庙宇类建筑，亦是高棉古典建筑艺术的高峰。

② 高棉微笑：指在吴哥城巴戎寺中，有49座巨大的四面佛雕像，佛像为典型的高棉人面容且都面带微笑，体现了佛教的淡泊、宽厚、包容和永恒。这就是令吴哥窟蜚声世界的"高棉的微笑"。

越南

旅越感怀

西贡初识十载前，沧桑巨变水云间。

反殖抗美史铭册，重教图强月满弦。

承古文明鼎故盛，普天风化肇新元。

友邻相望再攻玉，奥黛莲梅靓越南。

柬埔寨、老挝

柬埔寨、老挝湄公河两岸即景

日跨双国循大江^①，湄公尽览靓风光。

轰鸣阔瀑^②叠飞彩，幽碧平湖荡浩汸。

才赏人间福喜事，又经世上善闲邦。

问渠何所沛如许？赖有清源水澜沧^③。

① 大江：指湄公河，干流全长 4909 千米，是东南亚第一长河。流经中国、老挝、缅甸、泰国、柬埔寨和越南。

② 阔瀑：老挝湄公河瀑布，位于老挝占巴塞省，据说是世界第十二大瀑布。

③ 清源水澜沧：湄公河在中国境内叫澜沧江，发源于中国青海省玉树藏族自治州杂多县西北。

老挝凯旋门^①览胜

驰奔万象甚艰辛，争睹芳容履愿心。

漫步崎岖反辱史，凝神隽永建国勋。

几湾碧水流天下，一树丽花绚古今。

乐善民安人自醉，诗情敬颂凯旋门。

① 老挝凯旋门：位于老挝首都万象市中心，是万象市地标性建筑和著名旅游景点。凯旋门的建造是为了庆祝老挝解放，纪念老挝人民顽强抵抗外国殖民者的入侵。该凯旋门高45米，宽24米，远观和法国巴黎的凯旋门十分相像。

万象塔銮①印记

如约信步塔銮城，夺目贞心僧转经。
耀眼辉煌托众望，映天金碧佑生灵。
衙门②冷落可罗雀，圣地攘熙正火红。
寡欲无求佛世界，因缘勿灭喜悲空。

① 塔銮：位于老挝首都万象市内，建于 1566 年，是一座老挝人引以
为傲的风格独特的建筑物，在老挝人民心目中被视为神圣之地。
② 衙门：老挝总理府大楼紧邻塔銮寺，楼门前无人值守，空旷如野，
但特有安全感。

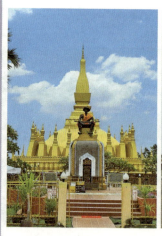

老挝琅勃拉邦^①游寄

名都古韵史悠长，怎愧双遗^②频聚光。

畴稳业平隔世慢，佛兴寺旺忌心忙。

愉情似水迭峰瀑，笑意如花映脸庞。

恭俭休闲何所悟？天人善处乃福邦。

① 琅勃拉邦：又名"銮佛邦"，是老挝著名的古都和佛教中心、老挝
上寮重镇。
② 双遗：1995 年 12 月，琅勃拉邦被联合国教科文组织列入世界"自
然与文化"双遗产城市。

跋

驭行天下赋

巍巍华夏，吐吞亘古风云；莽莽寰宇，涵纳绝色芬芳。夫择良辰吉日，暂辞辛作冗忙。怀览胜之宏志，踏无疆之途径，寻幽探秘，涤荡清心，远离尘嚣，心骛高翔。驭铁骑而启行，赴山川之胜境；驾爱车以驰骋，挟风云以翱翔。九域轮痕如篆，万里行迹成章。斯乃当代徐霞客之襟怀，亦承太史公游历之昭彰。

夫昆仑巍峨，擎苍天以镇西极；长江浩荡，纳百川而朝东方。越秦岭必千峰竞秀，渡黄河则万壑荡狂。祁连雪冠映朝霞，恰似银龙吐曜芒；南海碧涛连暮霭，恍如琼阙浮玉霜。轮毂碾雪，碾碎玉门关外月；车灯破雾，劈开夔门峡中光。

至若古道逶迤，辄忆驼铃汉唐。张骞出使西域，玄奘孤披佛光。今我辈循辙而行，非为封狼居胥，但求烟霞笼茫。祁连山下，犹闻霍剽姚铁骑风雨；阳关道前，尚见王摩诘诗碑墨行。观嘉峪雄堞而思卫青，谒石窟乐僔而慕敦煌。停秦陵汉墓，感遗址承文化；赏唐宫宋殿，继青史印沧桑。

险途多砺英雄胆：七十二拐盘云，峡谷悬轮怒江；塔克拉玛干漠，沙暴噬胎虐窗；独库天路屏障，雪崩阻道勒缰。然则志坚可化坎为夷，心阔能转危呈祥。夜宿唐古拉极顶，仰观星分翼轸，始觉宇宙之无极；朝行可可西里，邂逅羚跃苍茫，方悟天地之玄黄。此非温室卉草可体，岂效蓬间燕雀能翔？

至若人文胜迹，更添行路诗囊。徽州黛瓦，犹存程朱理学底蕴；平遥票号，尚响算珠清脆晋商。过剑阁而诵《蜀道难》，临赤壁而歌《赤壁赋》。滇南茶马驿，铃音蹄印嵌石纹；漠北敖包山，哈达旌旗拂轮铠。更闻苗寨飞歌遏云，维族手鼓震荒。此皆自驾者襟怀，更展神州吉光。

然暮营草原，穹庐似盖，煮酥茶而邀星月，燃篝火以会蒙邦。朝发豫北，午食汉口热干；夕至岭南，夜啖潮汕虾鲗。风土人情，庙堂市井皆成画卷；人文典故，闾巷烟火俱化诗章。增见闻而开视野，启心智而拓目光。

临景寄情，此非机械位移，悲天悯人，实乃生命延彰。山河入梦，铸就铁骨豪情；风雨砺心，交响生命乐章。

又精选险途，专觅洪荒，穿万水源阿里，越八百里羌塘。珠峰脚下，冰塔林映显七彩霓光，恍若娲皇遗玉；绒布寺前，经幡阵漫卷九霄云气，浑如莲座浮香。虽高原圣境，严重乏氧，纵头痛欲裂，气喘如牛，然见旗云冠顶，顿觉神力倍增；气贯周天紫府，倍感豪情万丈。

更若轮征域外，试舵异邦，横穿时空隧道，纵览世界奇光。堂明塔銮巍峨，暹罗皇宫雄伟，扶南吴哥辉煌。北海驰冰，寻苏武鞭迹；瑞士骋岭，追高峰云翔。慕三保下西洋，敷宣教化海道朗；效博望通绝域，交融开通世风昌。

嗟乎！昔司马子长行万里路，方成史家绝唱；今自驭达人驰九州野，乃耀宇宙琳琅。以轮毂丈量山河，非独骋怀游目，实乃以热血温历史，用丹心印八荒。愿同好皆起携裹，共赴山河之约，览尽天下风光，抒吾辈之豪情，谱驭行之华章！

《诗影驭天下》竣稿之际，余尚觉意犹未尽。诗、影、驭三方似史上三国鼎足，缺一非成掎角之势。然书中"诗"呈文字，"影"现画面，唯"驭"难可名状。且恩师李荣生先生已在赐序中将三者概言为"三艺融通，三美纷呈，情达寰宇，爱溢苍穹"（藉此，躬谢荣生先生序中的溢美、勖励与鞭策！）。加之余为自驾游侠，承古拓今。非唯效法先贤履迹，更欲以现代方式诠释"读万卷书，行万里路"之真谛。每寸沥青皆可感受历史温度，每座峰峦俱能对话往圣先哲。此间真趣，非亲历者不可尽道也。为弥缺憾，加重"驭"感，特续《驭行天下赋》一篇为跋，奉附骥尾，忝申与诗、影同调共鸣，以飨同道并就教四方大雅。

郭寒竹